フィリップ・フーズ　訳 金原瑞人

ナチスに挑戦した少年たち

小学館

ナチスに挑戦した少年たち

The Boys Who Challenged Hitler;
Knud Pedersen and the Churchill Club
by Phillip Hoose

Japanese translation published by arrangement with
Farrar, Straus and Giroux, an imprint of Macmillan Publishing Group, LLC
through The English Agency (Japan) Ltd.

アイギル・アストロープ＝フレズレクスン

ウフェ・ダーゲト

モーウンス・フィエレロプ

ヘリェ・ミロ

バアウ・オレンドーフ

イェンス・ピーダスン

クヌーズ・ピーダスン

モーウンス・トムスン

CONTENTS

目次

クヌーズ・ピーダスンと著者・フィリップ・フーズ（左）

INTRODUCTION
まえがき

二〇〇一年、デンマークをサイクリングでまわったときのこと。最終日、首都コペンハーゲンにあるデンマーク・レジスタンス博物館に立ちよった。一九四〇年から一九四五年まで、デンマークはドイツ軍に占領《せんりょう》されていたのだ。デンマークはそのとき、占領軍《せんりょうぐん》に対して激しい抵抗運動《レジスタンス》を行った。第二次世界大戦中には多くのドラマティックなできごとがあったが、そのうちのひとつは、一九四三年の終わりごろ、国内のユダヤ人のほとんどが船でスウェーデンに運ばれたことだ。それはドイツ軍がユダヤ人を拘束《こうそく》し、死の強制収容所に列車で送る寸前のことだった。

しかしあまりよく知られていないが、デンマークで抵抗運動《レジスタンス》が起こるにはかなり時間がかかった。博物館に展示されているものをみるとよくわかるのだが、戦争が始まって最初の二年間、ほとんどのデンマーク人はドイツという巨人におびえ、絶望しきっていた。そして公共の場所に集まって、愛国的なデンマークの歌をうたったり、誇《ほこ》り高いデンマーク人であることを示す「王のバッジ」をつけたりして、なんとか希望をつないでいたのだ。

この博物館でふと目についたのが「チャーチルクラブ」と書かれている、ささやかな特別展示だった。写真、手紙、風刺《ふうし》マンガのほかに、迫撃砲《はくげきほう》の砲弾《ほうだん》やピストルなどの武器がならべられ、デンマークに抵抗運動《レジスタンス》が広がるきっかけを作った、北部の街の少年たちの活躍《かつやく》が紹介《しょうかい》されていた。当時、戦うこともなくドイツに降伏《こうふく》したデンマーク政府に反発した少年たちがドイツ軍に戦いをしかけたのだ。

少年たちのほとんどはデンマーク北部のオルボーという街に住む中学三年生だった。一九四一年に最初の集まりを持って、一九四二年に逮捕《たいほ》されるまで、チャーチルクラブは二十回以上、自転車で通りを走りまわり、たくみな連係プレーで破壊《はかい》活動を行った。そのうち、ドイツ軍の建物などに放火をしたりと、破壊《はかい》の規模も大きくなっていく。少年たちはドイツ軍のライフル、砲弾《ほうだん》、ピストル、弾薬《だんやく》――さらには短機関銃《たんきかんじゅう》まで盗《ぬす》んでかくした。また学校の化学実験室から盗《ぬす》んだ薬品を使って、飛行機の翼《つばさ》をつんだ列車に放火した。そういう活動はほとんど昼間に行われた。というのは、少年たちには門限があったからだ。

チャーチルクラブの活動は、それまで無関心だったデンマークの人々を目ざめさせた。博物館には、八人の少年が横一列になって拘置所《こうちしょ》の庭にならんでいる写真がある。看守《かんしゅ》のきびしい目に見張られながら、ひとりをのぞいて全員が、番号のついた札を持っている。秘密基地にしていた古い修道院の前でポーズをとっている写真もある。みんな生意気で、無邪気《むじゃき》そうだ。ひとりはパイプをふかしている。ひげをそったこともないような幼い顔もある。全員、高校入学前で、だれひとり、国を占領《せんりょう》しているナチスに対して襲撃《しゅうげき》をかけるような人物にはみえない。そういったあどけなさが、活動を助けたことはまちがいない。彼らなら、貨物置き場の番兵のためにおつかいをしたりして油断させることもできただろうと、うなずける。

博物館の館長によれば、チャーチルクラブの数人は——もう、かなりの歳《とし》だが——まだ存命とのことだった。なかでもクヌーズ・ピーダスンが有名で、存命中のメンバーの中では当時の事情に最もくわしいらしい。クヌーズはダウンタウンにあるアートライブラリーを経営しているとのことだ。わたしは館長にたのんで、名刺《めいし》にクヌーズのメールアドレスを書いてもらい、コートのポケットに入れた。

一週間後、アメリカにもどると、名刺《めいし》をとりだして、クヌーズ・ピーダスンにメールを書いた。チャーチルクラブの話が英語の本で紹介《しょうかい》されたことがあるのかどうかが気になっていたのだ。
数時間後、ピーダスン氏から返事がきた。

フィリップ・フーズさま
チャーチルクラブのことに興味を持っていただきありがとうございます……ただ、残念なことに、別のアメリカ人の作家さんと契約《けいやく》をしてしまいました……大変申し訳ないのですが、ご協力はできそうにありません。

というわけで、先を越《こ》されてしまった。まあ、こういうことはこれが初めてではない。わたしはこのメールをプリントアウトしてファイルに入れ、十年間、忘れていた。

いきなり二〇一二年九月まで話が飛ぶ。わたしは本を書く一方で、新しい題材をさがしていた。昔の資料をめくっているうちに、小さな茶色のファイルがみつかった。「チャーチルクラブ」と書いてある。中には、ずいぶん昔にクヌーズ・ピーダスンとやりとりしたメールのプリントアウトが入っていた。最初のころに、わたしが書いたか、受けとったかしたものだ。ふと気になったのは、彼はまだ生きているのだろうか、元気でいるのだろうか、ということだった。それから、アメリカの作家はチャーチルクラブについての本を書いたのだろうかということも気になった。もし出版されたなら、気がついてもよさそうだ。そこで、あらためて自分のことをかんたんに紹介《しょうかい》する文章を書いて、昔のアドレスにメールを出して、ラップトップのPCをオフにした。

次の日の朝、クヌーズ・ピーダスンから返事がとどいていた。別のアメリカ人作家との件はうまくいかなかったらしく、協力する用意がある、すぐにも始めたい、とのことだった。「いつコペンハーゲンにこられますか？」と書かれている。わたしは予定表をみて、「十月七日から十四日はどうでしょう」と打ち、数秒後、メールを送った。彼からの返事が大西洋をロケットのように飛んでくる音がきこえるような気がした。

「妻《つま》のボーディルといっしょに、空港におむかえにあがります。うちに泊《と》まってください」

わたしは飛行機を予約した。

二週間後、妻《つま》のサンディといっしょにコペンハーゲンの空港に着いた。出むかえてくれたのは、白髪《しらが》で、手荷物受取所にいるだれよりも頭半分以上は背の高い男性と、彼の妻《つま》だった。クヌーズはアーティストっぽいしゃれた格好をしていた。わたしも妻《つま》も時差ぼけだったが、クヌーズはすぐに車でアートライブラリーまで連れていってくれた。

一九五七年にオープンしたというアートライブラリーは半地下で、部屋がならんでいて、いくつかの部屋には絵が何百枚も、床につかないように木のラックにおいてある。それを何週間か、安い値段で貸す。図書館で本を借りる感じだ。もし借りた人がその絵を好きでたまらなくなったら、良心的な値段で買いとることもできる。アーティストのほうもあらかじめ、売ることに同意している。

このアートライブラリーはクヌーズの信念にもとづいている。その信念とは、芸術はパンと同じで、魂《たましい》を養うのになくてはならない、というものだ。どうして、絵が金持ちだけのものでなくてはならないのか？　そう考えて、クヌーズは半地下のアートライブラリーを始めたのだ。これは世界で初めてのこころみで、コペンハーゲンだけでなく世界中で有名だ。

わたしの妻《つま》とクヌーズの妻《つま》が連れだって街の観光に出ていくと、わたしたちは早速、仕事にとりかかった。オフィスのドアを閉め、デスクをはさんで向かい合った椅子《いす》にすわる。わたしはデスクのまん中にボイスレコーダーをおいて、スイッチを入れた。わたしもクヌーズも、それから一週間、ほとんどそこにいた。わたしのまぶたの裏にクヌーズ・ピーダスンの顔が焼きついた。クヌーズも同じだったと思う。わたしたちは合わせて二十五時間近くしゃべった。休憩《きゅうけい》するのは、食事と散歩のときだけだ。

わたしの覚えているデンマーク語は、ずいぶん昔のサイクリングのときに覚えた数語しかなかったので、たよりはクヌーズの英語だった。クヌーズはじつに英語が達者だったものの、一週間近く外国語でしゃべり続けるのは大変だったにちがいない。しかし、ひと言も弱音をはくことはなかった。

その一週間、クヌーズはチャーチルクラブの中学生たちのことを話してくれた。彼らは、大人たちがなんといおうと、デンマークの自由をゆずり渡すことを断固として拒否《きょひ》したのだ。

一九四〇年四月九日、ドイツの軍用機がデンマークの上空で爆音《ばくおん》をひびかせながら、チラシをまいていった。それには「デンマークはドイツの保護下におかれた」と書かれていた。ドイツはデンマーク政府に対し、占領《せんりょう》を受けいれるかどうか打診してきた。

食料と輸送機関を提供し、われわれのために働けば、デンマークの都市に被害《ひがい》をあたえることはない。警察権も行政権もとりあげるつもりはない。原材料や物資はドイツが買いとるので、デンマークは経済的にうるおう。デンマーク人は、そのうちわれわれを好きになるはずだ。そしてこの戦争が終われば、デンマークはドイツとともに輝《かがや》かしい未来をわかち合うことになるだろう。もしこの条件を拒否《きょひ》すれば、破滅《はめつ》あるのみだ。

デンマークの国王と政治指導者たちはこの条件を受けいれることにした。

同じく一九四〇年四月九日、ドイツはノルウェーに侵攻《しんこう》を開始した。ノルウェーはデンマークとちがって、早速、反撃《はんげき》した。ヒトラーがノルウェーに降伏《こうふく》を要求すると、ノルウェーは正式に次のように答えた。

「われわれは暴力には屈《くっ》しない。戦いはすでに進行中だ」

ノルウェーの陸や海で戦闘《せんとう》が始まった。ドイツ軍はノルウェーの主要な港や都市を攻《せ》め落としたが、ノルウェー軍は戦い続け、起伏《きふく》の激しい内陸部に移動した。損害《そんがい》ははかりしれなかった。

次々にこういった事件が起こっていたとき、デンマーク南部の街オーゼンセで生まれ育ったクヌーズ・ピーダスンは背が高くてやせた中学生だった。クヌーズはいくつもの感情にゆさぶられた。そのうちのいくつかの感情は初めてのものだった。まず、ドイツの侵《しん》攻《こう》に怒《いか》り、ノルウェー人の勇気に胸をおどらせ、ヒトラーの条件をのんだデンマークの大人たちをはずかしく思った。

クヌーズと一歳《さい》上の兄イェンスは仲間を集め、ドイツ軍に反撃《はんげき》し――彼らの言葉を使えば「ノルウェーのあとに続く」ことを誓《ちか》った。ピーダスンの一家がオルボーの街に引っ越《こ》すと、クヌーズとイェンスは新たに、勇敢《ゆうかん》で、同じ気持ちを持つ級友を集めて、抵抗運動《レジスタンス》を始めた。ほとんどの生徒たちがドイツ軍の占領《せんりょう》を何とも思っていない中、彼らは数人だったが、オルボーの通りを走りまわって、反撃《はんげき》しようとした。

彼らは自分たちのグループを、チャーチルクラブと呼んだ。ドイツと徹底的《てっていてき》に戦うと宣言したイギリスの首相、ウィンストン・チャーチルを心から尊敬していたのだ。

チャーチルクラブの妨害《ぼうがい》活動に、ドイツの占領軍《せんりょうぐん》は最初はとまどい、そのうち怒《おこ》って、だれであれ自分たちの武器を盗《ぬす》んだり、建物を破壊《はかい》するなどした者をすみやかに逮捕《たいほ》して罰《ばっ》するよう要求した。そしてデンマーク政府に、捜査《そうさ》を急ぐように、さもなければ、秘密国家警察《ゲシュタポ》がデンマーク警察にかわって捜査《そうさ》を始めると警告した。捜査《そうさ》が開始され、この事件が広く知られるようになり、多くのデンマーク人が目ざめ、勇気づけられた。

デンマークの建物の上を飛ぶドイツの軍用機

1940年4月9日、コペンハーゲンにまかれたビラが落ちてくるところ

1
Oprop!

一九四〇年四月九日。その日の朝食はいつもと同じだった。が、やがて皿がかたかた音を立てはじめた。そして、非常警報《けいほう》が朝のしずけさを切り裂《さ》き、デンマークのオーゼンセの街の上空にすさまじい爆音《ばくおん》がひびいた。ピーダスン家の家族はみんな椅子《いす》から立ちあがって、外にかけだし、空を見あげた。黒い飛行機が密に編隊を組んで飛んでいる。それも気味が悪いくらいの低空飛行だ。地上三百メートルくらいだろう。翼《つばさ》についているマークから、ドイツの軍用機だとわかる。緑の小さな紙が降ってきた。

十四歳《さい》のクヌーズ・ピーダスンは飛びだして、芝生《しばふ》に落ちた紙をひろった。上に「Oprop!」と書かれている。ちょっとつづりをまちがえているが、デンマーク語で「通

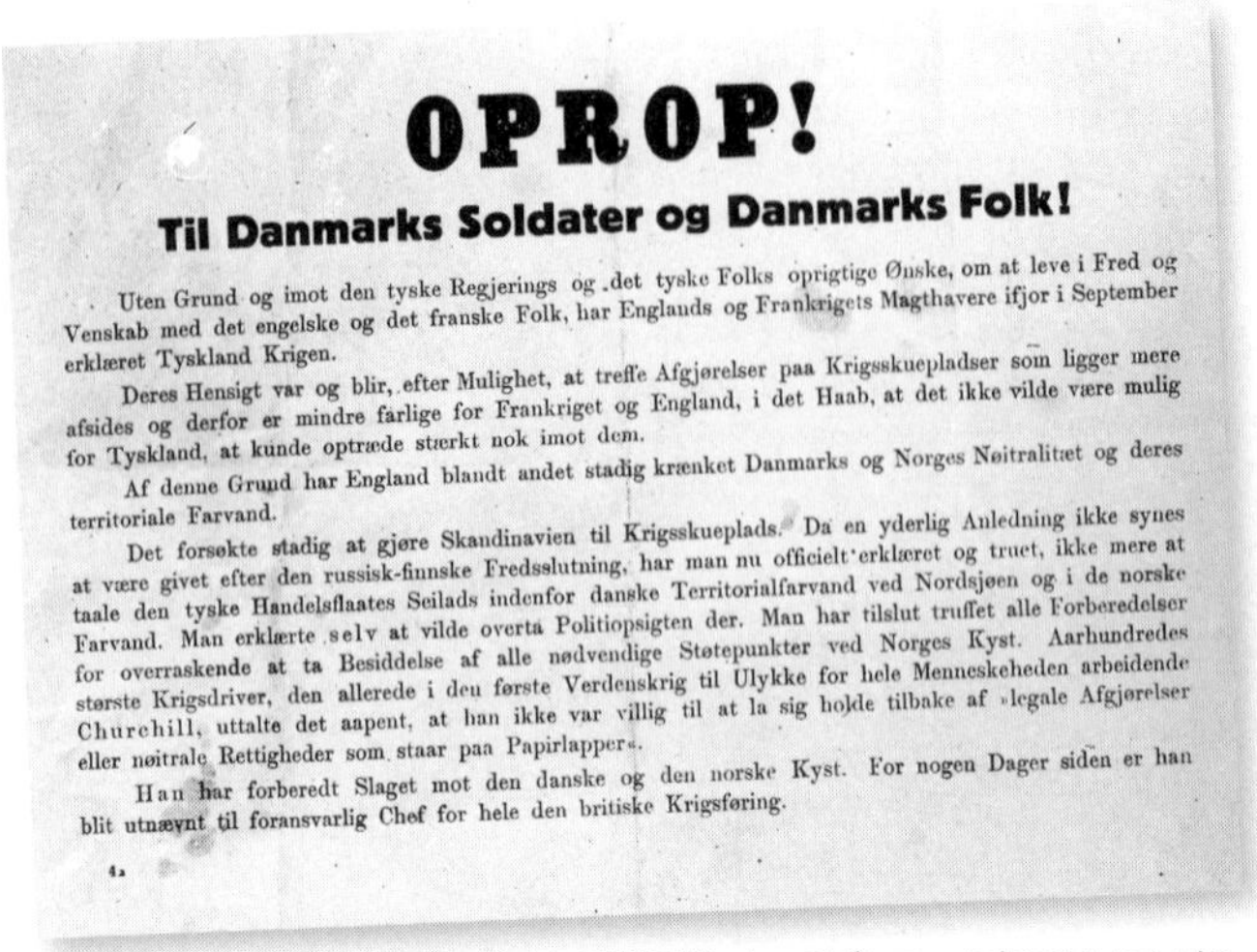

OPROP!

Til Danmarks Soldater og Danmarks Folk!

Uten Grund og imot den tyske Regjerings og det tyske Folks oprigtige Ønske, om at leve i Fred og Venskab med det engelske og det franske Folk, har Englands og Frankrigets Magthavere ifjor i September erklæret Tyskland Krigen.

Deres Hensigt var og blir, efter Mulighet, at treffe Afgjørelser paa Krigsskuepladser som ligger mere afsides og derfor er mindre farlige for Frankriget og England, i det Haab, at det ikke vilde være mulig for Tyskland, at kunde optræde stærkt nok imot dem.

Af denne Grund har England blandt andet stadig krænket Danmarks og Norges Nøitralitæt og deres territoriale Farvand.

Det forsøkte stadig at gjøre Skandinavien til Krigsskueplads. Da en yderlig Anledning ikke synes at være givet efter den russisk-finnske Fredsslutning, har man nu officielt erklæret og truet, ikke mere at taale den tyske Handelsflaates Seilads indenfor danske Territorialfarvand ved Nordsjøen og i de norske Farvand. Man erklærte selv at vilde overta Politiopsigten der. Man har tilslut truffet alle Forberedelser for overraskende at ta Besiddelse af alle nødvendige Støtepunkter ved Norges Kyst. Aarhundredes største Krigsdriver, den allerede i den første Verdenskrig til Ulykke for hele Menneskeheden arbeidende Churchill, uttalte det aapent, at han ikke var villig til at la sig holde tilbake af »legale Afgjørelser eller nøitrale Rettigheder som staar paa Papirlapper«.

Han har forberedt Slaget mot den danske og den norske Kyst. For nogen Dager siden er han blit utnævnt til foransvarlig Chef for hele den britiske Krigsføring.

4a

1940年4月9日、ドイツの飛行機によってデンマーク中にまかれたビラ

告」という意味の言葉だ。そのビラには「デンマークの軍人と一般《いっぱん》の人々へ」と書かれていた。ただし、ドイツ語とデンマーク語とノルウェー語の混ざった、でたらめな言葉だ。しかし、いいたいことはまちがえようがない。ドイツ軍はすでにデンマークに侵入《しんにゅう》していて、現在、この国を占領《せんりょう》しようとしているのだ。ビラには、次のようなことが書かれていた。ドイツ軍がやってきたのはデンマーク人を、あくどいイギリスやフランスから守るためで、デンマークはすでにドイツの保護下におかれている。だから、心配しないでいい。すべての国民は守られている。デンマーク人はいままでと同じようにくらしていける。

クヌーズは近所の人たちに目をやった。パジャマ姿のままでぼーっとしている人もいれ

1940年4月9日、コペンハーゲンのドイツ兵

ば、怒《おこ》っている人もいる。道路の向こうのアパートのバルコニーでは、男の人がふたりの息子といっしょに気をつけの姿勢で立ち、上を飛んでいるドイツの飛行機に向けて、右手をうやうやしく上げている。角の売店でターザンのマンガ雑誌などを売っているアナスンさんは、空に向かって拳《こぶし》をふっている。これら四人の人々は、三年以内に死ぬことになる。

次の日、デンマークの首相、トーヴァル・スタウニングと、デンマーク王クレスチャン十世はドイツ軍がデンマークを占領《せんりょう》し、行政権をにぎることを承認《しょうにん》する覚え書きに署名した。次の簡潔《かんけつ》な宣言が、デンマークの正式な立場を説明している。

デンマーク政府は、今回の措置《そち》で、

この国を悲惨《ひさん》な運命から救ったと心から信じている。われわれはさらに努力を続け、この国と国民を戦禍《せんか》から守るつもりである。そのためにも、われわれは国民の協力をあおぎたい。

その日は朝から夜まで、ドイツ軍兵士が次々にオルボーやほかの街に、船や飛行機や戦車や列車でやってきた。多くのドイツ国防軍の歩兵は、茶色っぽい緑の軍服、靴底《くつぞこ》に鋲釘《びょうくぎ》を打ちつけた軍靴《ぐんか》、緑の丸いヘルメットという格好だった。彼らは準備万端《ばんたん》で、手ぎわよく街を占拠《せんきょ》し、兵舎を建て、ホテルや工場や学校に司令部をおいた。公共の広場にはドイツ語の標識を立て、本部とオペレーション・センターと兵舎を何キロもの電話線でつないだ。その日の終わりには、一万六千人のドイツ人がデンマークに入国し、ドイツはデンマークを完全に占領《せんりょう》した。

ヴェーザー演習作戦

一九四〇年四月九日、日の出とともに、いつもは石炭をつんでいる商船に、デンマークの保安部隊が乗って、コペンハーゲンにあるランゲリニェ埠頭《ふとう》に停泊《ていはく》した。ギリシア神話のトロイの木馬と同じように、その船は秘密を運んでいた。ハッチが開くと、ドイツ軍の兵士が次々に船から出てきてコペンハーゲンの街中にちらばって、主要な軍事施設《しせつ》を占領《せんりょう》した。それと同時に、ドイツ軍はほかの都市も占領《せんりょう》した。彼らは飛行機や船や列車、さらに（主要都市オルボーの戦略上重要な飛行場を占領《せんりょう》確保するため）落下傘《らっかさん》部隊まで使った。このじつに効果的で効率的《こうりつてき》な作戦は、ノルウェー侵攻《しんこう》にも使われたのだが、ドイツの暗号では、北部を流れる川にちなんで、ヴェーザー演習作戦と呼ばれた。すべてが正午までには終了していた。デンマーク軍はなすすべもなく、完全に制圧された。

夕方になると、ドイツ国防軍はデンマークの通りにくりだして、自分たちの新しい家をさがした。デンマークで三番目に大きい都市、オーゼンセでは、デンマーク人の多くの商人が大喜びで、ドイツ兵相手にビールのせんをぬいたりお菓子《かし》を売ったりした。実際、商売がいきなり活気づいて、思わぬ景気にわいた。ドイツ兵はオーゼンセの劇場や居酒屋、お菓子屋《かしや》やカフェに、わが物顔で入ってきた。

夜になると、ドイツ国防軍の兵士たちは腕《うで》を組んでオーゼンセの通りをかっ歩《ぽ》した。銃《じゅう》を肩にかけ、声をそろえてドイツの歌を大声でうたった。まわりのデンマーク人は首をか

ハンス・イェルゲン・アナスン

しげながら、おもしろそうにながめていた。クヌーズもほかのデンマーク人といっしょにそれをみていた。

「隊長が『三！　四！』と号令をかけて、それからいっせいに歌いはじめるんだ。行進曲もあった。ロマンチックなバラードもあれば、ばかみたいだった。どちらを歌っているときも、ドイツの兵士はばかみたいだった。みんな、われわれデンマーク人に好かれていると思っていたんだ。連中のふるまいときたら、まるで、デンマーク人は、ドイツ軍にここにいてほしい、ずっと待っていた、ドイツ人に感謝している、と思っているといわんばかりだった」

当時、クヌーズ・ピーダスンは十代で、背が高くほっそりしていて、戦争や政治につい

バスから兵士をみる子どもたち

てはほとんど何も知らなかった。それが四月の金曜日の朝、一変した。クヌーズはまじめなほうだったが、けんかっ早く、男子校によくいるタイプの少年だった。ただ、ほんとに好きなのは絵を描くことだった。土曜日の朝はいつも、気の合ういとこのハンス・イェルゲン・アナスンとオーゼンセの図書館で待ち合わせ、会うとすぐに美術史の分厚い本を出してきて、息をのみながら、ルーベンスの裸《ら》婦《ふ》の絵や、古代ギリシアの女性の彫像《ちょうぞう》にみいった。そして絵を描きはじめるのだった。クヌーズとハンスにとっては、胸《むね》をはだけたミロのヴィーナスのほうが、服を着たモナリザの百倍も魅力的《みりょくてき》だった。

　日曜日は、父親、イズヴァト・ピーダスン牧師がプロテスタント教会のつとめを終えると、一家で教会の裏の住居に移動する。ほかの所に住んでいる、おじ、おば、いとこなど、親戚《しんせき》が大勢集まることになっていた。執務室《しつむしつ》ではおじたちが酒を飲みながら、手をすばやく動かし、テーブルをなぐりながら、「オンブル」というトランプゲームをする。クヌーズの母親、マグレーデは、何人ものおばといっしょにリビングに集まり、編み物をしたり、紅茶を飲んだりしながら、ひっきりなしにしゃべっては、ときどき立ちあがって、弱火で煮《に》ているチキンの様子をみたりしている。チキンを煮《に》るにおいが次第に強くなっていく。

子どもたちは、クヌーズと兄のイェンス（一歳《さい》上）、妹のゲアトルズ（二歳《さい》下）、かなり年下の弟、イェルゲンとホルガは二階で、夜の寸劇の小道具を作ったり、背景を描いたりする。劇は「ロビンフッド」「白雪姫」「ロビンソン・クルーソー」など。子どもたちは、ひとりずつ友だちを呼んでいた。夜になると、何十人もが、笑ったり、酒を飲んだり、友だちや家族に拍手《はくしゅ》をしたりした。とても満ち足りた時間だった。子どもたちは、まるで、繭《まゆ》のなかで育っているような気がした。

クヌーズは、前年、ドイツがポーランドに侵攻《しんこう》したことはぼんやりとしか知らなかったし、ヒトラー政権下にあるユダヤ人がおそろしい危険にさらされていることなど、ろくに知らなかった。四月九日に飛行機がやってくるまで、ドイツについてはせいぜい、こんなふうにしか考えていなかった。ドイツはとなりのいじめっ子で、人口はデンマークの二十倍、デンマークの歴史と文化によくない影響《えいきょう》をあたえてきた。戦争が始まる前から、デンマークの生徒は学校でドイツ語を習い、ドイツ文学を学び、ドイツ音楽を演奏しなくてはならなかった。

アドルフ・ヒトラーも、それほど大きな脅威《きょうい》には思えなかった。ヒトラーによるナチス独裁が始まって四年目の一九三七年、ピーダスン一家はアメリカ製の大きな緑の乗用車でドイツをまわった。穀物《こくもつ》がきれいに刈《か》りとられたあとの畑や、整然とした町などをみてまわりながら、両親は、ヒトラーはすごいことをやってのけたとおどろきの声をあげた。小さな町や市にまで秩序《ちつじょ》と活気があった。ほかの国々が世界的な不況《ふきょう》にあえいでいるとき、ドイツ人はこつこつと働いていたのだ。

ドイツ旅行が終わるころ、父親はナチス党のシンボル、【逆卍《ぎゃくまんじ》】の小さな旗を自動車の前面ガラスにピンでとめた。そしてデンマークにもどってきたのだが、国境の村に住むデンマーク人たちはナチスのことをよく知っていて、すぐに取るようにいった。ところがもう、そんな無邪気《むじゃき》なことはいっていられなくなった。大きくふくらんだ風船が破裂《はれつ》したのだ。一九四〇年四月九日、ドイツ軍はノルウェーにも攻《せ》めこみ、ノルウェーは反撃《はんげき》を開始。強力なドイツ軍に立ち向かい、多大な犠牲者《ぎせいしゃ》が出た。戦闘《せんとう》が始まって最初のころ、国を守ろうと戦ったノルウェーの兵士がむごたらしく殺された悲惨《ひさん》なニュースが次々に報道された。その多くが十代後半の少年たちだった。

一方、デンマークの生徒たちは「輝《かがや》かしい未来がきみたちを待っている」というナチスの宣伝文句をふきこまれていた。

ノルウェー侵略《しんりゃく》

一九四〇年四月九日、ドイツ軍はノルウェーに侵攻《しんこう》した。ノルウェーにとっては百二十六年ぶりの戦争だった。約五万のノルウェー軍が動員されたが、ドイツ軍に圧倒《あっとう》されてしまった。ドイツ軍はまたたく間に沿岸の都市を制圧《せいあつ》し、さらに山岳戦《さんがくせん》の訓練を受けた部隊を配置して、起伏《きふく》の激しい内陸に撤退《てったい》したノルウェー軍を追った。ノルウェー軍は二か月持ちこたえた。しかしたのみにしていたイギリスの援助《えんじょ》はあまりに少なく、あまりに遅《おそ》かった。

ノルウェーは二か月の戦闘《せんとう》ののち降伏《こうふく》した。この戦いにおけるノルウェー側の死傷者は千三百三十五人。ノルウェー人は海では戦いを続けた。多くの商船を使って、ドイツと戦っている国々に物資をとどけたのだ。ドイツ軍は、ノルウェーの百二十一隻《せき》の商船のうち百六隻《せき》を沈め、数千人の命をうばった。また、ノルウェーの潜水艦《せんすいかん》九隻《せき》のうち、この戦争を生き延びたのは一隻《せき》だけだった。

〈**クヌーズ・ピーダスン**〉 ドイツ軍がやってきたときは、八年生。夏休みまで、あと二か月というときだった。だれもがドイツ軍の占領《せんりょう》のことを考えていたが、先生たちはずっと、そのことは口にしないようにといっていた。

「逆らうんじゃないぞ、口答えをするな、巨人を起こすんじゃない」といわれていた。

うちの学校にもドイツびいきの教職員がかなりいた。そもそもデンマークでは、第一外国語はドイツ語だった。そしていきなり、学校で使う本に「ヒトラー青少年団」の楽しそうな話が次々にのるようになった。晴れた日に野原にいって、キャンプをして、森の中をハイキングして、山で遊んで、古い城をたずねて……そういう、いいかげんなことばかりだ。うそだというのはすぐにわかった。

デンマークと北ヨーロッパ：1940年

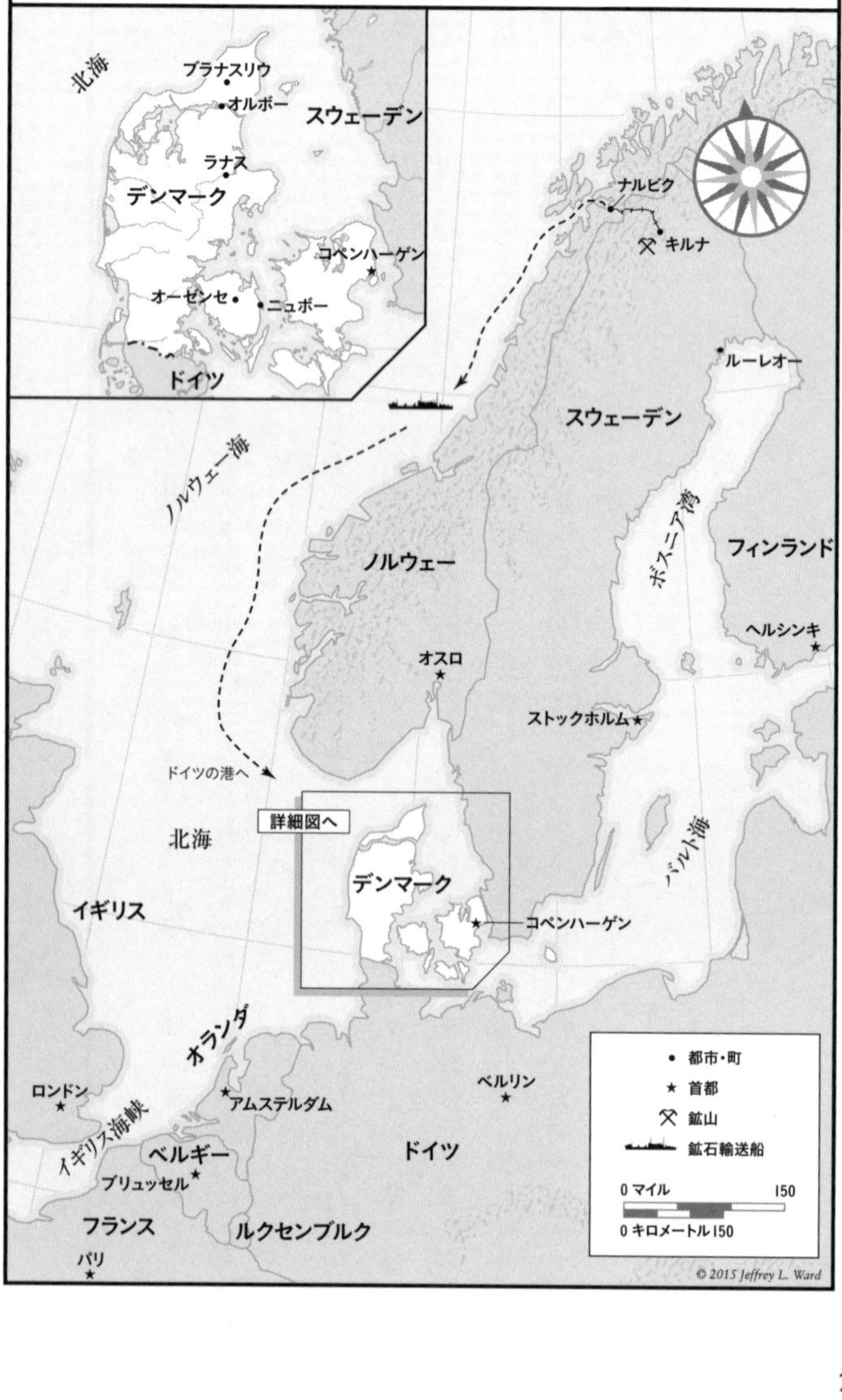

2
RAFクラブ

ヒトラーにとってデンマークとノルウェーは二番目と三番目に制圧した国だった。一番目はポーランドで、それは一九三九年のことだった。

デンマークは小国だが、ドイツにとっては戦略的《せんりゃくてき》に重要だった。スウェーデンやノルウェーの鉄鉱石《てっこうせき》を船でデンマークに運び、デンマークの鉄道を使えば、ドイツに運ぶことができる。鉄鉱石《てっこうせき》は武器を作るのに欠かすことができない。また、デンマークは土が肥えていて、何百万人ものドイツ人にバターや豚肉や牛肉を供給できる。さらに地理的にはイギリスとドイツの間にあって、防波堤《ぼうはてい》の役割を果たしてくれる。そのうえ、ヒトラーはデンマーク人を理想の人種とみなしていた。デンマーク人の多くは背が高く、金髪《きんぱつ》で青い目で、ヒトラーの考えていた「完璧《かんぺき》な人種」にぴったりだったのだ。もしドイツが勝ったら、デンマーク人は世界を支配するエリートとして祭りあげられることになるだろう。

〈**クヌーズ・ピーダスン**〉　オーゼンセに住んでいたときのグループには、兄のイェンスやいとこたちが入っていて、最初は毎日の新聞を読むことから始まった。新聞にはノルウェーの一般《いっぱん》市民がドイツ軍に殺されたという記事がたくさんのっていた。ドイツはすでに新聞の検閲《けんえつ》を始めていたので、これらの記事はドイツ軍の力を宣伝するためのものだったと思う。

しかし、だれもが身ぶるいした。二十五人のノルウェーの若い兵士たちが集められて、ある町で処刑《しょけい》された。ほかの町では三十人が処刑《しょけい》された。泣きわめく家族は番兵に引きはなされた。ふたりの若い女性がリンゲリーケで射殺《しゃさつ》された。武器を持っていない市民が四人、リンゲサケルで撃《う》たれ、そのうちのひとりは背中を撃《う》たれ、弾丸《だんがん》は首からあごを貫通《かんつう》した。こんなおそろしい状況《じょうきょう》の中で、ノルウェーの人々は戦い続けていたんだ。

わたしも兄も、親しい仲間も、みんなデンマーク政府のしたことをはずかしいと思っていた。ノルウェーの戦死した人々は、少なくとも、誇《ほこ》りに思える国で死んでいった。デンマークのちっぽけな軍隊は、四月九日、二、三時間でドイツ軍に降伏《こうふく》した。そしていま、

デンマークがドイツに占領される数か月前のクヌーズ・ピーダスン。最前列で口に手をあてている。

われわれを守るために戦おうという正規の軍隊はもういない。

国の指導者たちは、いったい、どういうつもりなんだ。ひとつだけはっきりわかったことがあった。それはこうなってしまった以上、デンマークで抵抗運動《レジスタンス》が始まるとしたら、それは一般《いっぱん》市民からであって、訓練された軍人からではないということだ。

数週間のうちに、すべてが変わった。わが家でもそうだった。うちは教区を受け持つ牧師の一家で、わたしたちの生活は父親の教会でのつとめが中心になっていた。みんながしずかにしていて、父は執務室《しつむしつ》で柄《え》の長いパイプでタバコをふかし、一週間のお説教を考える、こんな調子だ。女性はリビングに集まって、母といっしょに紅茶を飲んだ。母はときどき、みんなにいわれて、ピアノでモーツァルトをひくこともあった。

ところが、四月九日以降、父は怒《おこ》って、異様に興奮《こうふん》していた。

「神よ、どうぞ、あなたはナチスをおゆるしください」父は説教壇《せっきょうだん》で大声でいった。日曜日のミサでのことだ。

「わたしは、とてもゆるすことはできません！」

子どもたちが新しい仲間をうちに連れてくると、父は必ずたずねた。

「お父さんはどなたかな？　ナチスじゃないだろうね」

父は、わたしにも兄にも、ボーイスカウトの制服なんかほしがるんじゃないぞ、といっていた。ヒトラー青少年団の団員が制服を着ていたからだ。父にとっては、制服はどんなものであれ、すべて憎《にく》むべきものになっていたのだ。


夜になると、みんなで父の部屋に集まってイギリスのラジオ放送をきいた。よくきくBBCの番組はベートーベンの交響曲《こうきょうきょく》第五番「運命」の最初の四つの音で始まり、歯切れのいい自信に満ちた「ロンドンからの放送です」という声、それから空中戦や地上での小さな戦闘《せんとう》のニュースが続く。わたしはこれが大好きだった。

クヌーズの父イズヴァト・ピーダスンの、ボーイスカウト、ガールスカウトについての考え

戦争中、ボーイスカウトもガールスカウトもデンマークではとても人気があった。国内に少なくとも十くらいの組織があり、郊外《こうがい》のあちこちにキャンプをしたり集会を開いたりするための専用の宿泊場《しゅくはくじょう》が何百もあった。イズヴァト・ピーダスンはふたりの息子、イェンスとクヌーズがスカウトに入ることを禁じた。スカウトの軍隊的なところがいやだったからだ。たとえば、制服、誓《ちか》い、指揮《しき》命令の系統《けいとう》。

そして、ドイツに占領《せんりょう》されている間に、デンマークのスカウト活動がヒトラー青少年団に組みいれられてしまうのではないかとおそれていた。ヒトラー青少年団はぞくぞくとドイツの青少年を——人種的、国家的な優越感《ゆうえつかん》にもとづく、憎悪《ぞうお》に満ちたナチスの考えに洗脳して——軍隊に入れていたのだ。

ヒトラーはこういっている。

「若者をあやつれる者のみが、未来をあやつることができる」

夏休みになると、いつものように一家で、北海に面した西海岸に遊びにいった。しかしわたしはその時間がもったいなくてたまらなかった。というのも、こう考えていたからだ。自分の国がはずかしめられているというのに、海岸に寝《ね》そべって日光浴なんてしていられるか？　どうしてデンマーク人はノルウェー人のような勇気がないんだ？　デンマーク人には誇《ほこ》りがないのか？

一九四〇年の夏、オーゼンセにもどったとき、兄とわたしは同じ結論に達していた。大人がやらないなら、ぼくたちがやる。

●　●　●

オーゼンセに帰ってきてから数日後、クヌーズとイェンスは教会のしずかな墓地で、いとこのハンス・イェルゲン・アナスンと、友人のハーラル・ホルム、クヌーズ・ヒーテロンと会っていた。クヌーズ・ピーダスンとクヌーズ・ヒーテロンは学校の友だちで、みんなからは「クヌーズ大」「クヌーズ小」と呼ばれていた。ピーダスンのほうがヒーテロンより七、八センチ背が高かったからだ。

ＲＡＦ

一九四〇年の夏と秋、オーゼンセの少年たちはラジオ放送にききいっていた。ラジオからは「バトル・オブ・ブリテン」と呼ばれるイギリス軍対ドイツ軍の激しい空中戦の模様が詳細《しょうさい》に報じられていたのだ。

少年たちのヒーローは英国空軍（ＲＡＦ）のパイロットたちだった。彼らは数ではドイツ空軍に圧倒的《あっとうてき》な差をつけられていたが、ポーランドやチェコスロバキア、その他の国々の協力を得て、イギリスの空を守り、自由を守り通した。このすさまじい空中戦は多くの戦死者を出した。この戦いで敗北したヒトラーはイギリス侵攻《しんこう》を断念した。パイロットたちの勇気に打たれた首相のウィンストン・チャーチルは、一九四〇年八月二十日、下院でこう述べた。

「人類の戦いの中で、これほど少ない人々に、これほど多くの人々が救われたことはない」

この言葉に感動したオーゼンセの少年たちは、自分たちのグループにＲＡＦクラブという名前をつけた。

〈**クヌーズ・ピーダスン**〉　問題は抵抗運動《レジスタンス》のグループを作るかどうかだった。兄は、もう少し時間をかけて、仲間を増やすのが先だという意見だった。わたしは反対で、まず始めよう――それをみれば、仲間が集まってくるはずだ、という意見だった。

ハンス・イェルゲンはわたしと同じく行動派で、すぐにでもやろうという意見。ハーラルは日ごろは、頭の中でむずかしいことを考えているタイプだったが、今回はちがった。みんなと同じように、デンマークの政治家や国王に腹を立てていた。

「イギリスもフランスも絶対、ぼくたちと同盟《どうめい》を組もうなんて思わないよ。こんなにドイツと仲良くしてるんだから」と、しょっちゅういっていた。

クヌーズ小は、いつもと同じで、やる気満々だ。こうして、多数決で、その日のうちにグループができた。勇気あるイギリス空軍の名前をもらってＲＡＦクラブにしようと提案《ていあん》したのはハーラルだった。

「よし、これでグループができた。まず、何をしよう？」

全員、それを考えていた。なにしろこちらは数人しかいない。ドイツ軍は無数にいる。そのうえ十分な訓練を受けていて、武装している。こちらは武器など何も持っていないうえに、もし強力な武器を持っていたとしても使い方を知らない。

わたしたちは自転車でダウンタウンにある中央広場にいって、観察してみた。すぐに目

「武器は自転車だ」

にとまったのが、あちこちに新しく立てられた道路標識だった。黄色と黒の標識で、よくみるデンマークの明るい赤の標識ではなかった。黒の矢印が方向を示している。つい最近ドイツ軍が立てたもので、新しくやってくる兵士たちに兵舎や司令部のある場所を教えるためのものだ。木の横棒からぶらさげたものもある。格好の標的《ひょうてき》だ。

ふたりが自転車をバックさせて、一、二、三の合図で、標識めがけて走りだした。そして全速力で標識の右と左にぶつかって、地面にたおした。それから、ほかの標識の向きを変えて、矢印が反対側を指すようにした。

わたしたちは昼日中、学校が終わると、早速、こういういたずらをしてまわった。たくさんの人たちがこちらをみて、指さしているのがわかったが、わたしたちはあっという間に作業を終え、あっという間に逃《に》げた。風のように襲《おそ》い、風のように逃《に》げる――これがRAFクラブのやり方だった。

武器は自転車だ。自転車のサドルに、英国空軍RAFのマークをまねて、三重丸を彫《ほ》りこんだ。わたしたちは誇《ほこ》りを持ってその射撃《しゃげき》の的《まと》に似たマークをみつめ、イギリス空軍が飛行機を使ったように自転車を使うぞと誓《ちか》った。わたしの自転車は黒くてさびていたので、鉄の馬という名前をつけた。

わたしたちはよく、オーゼンセのフーニクス映画館の前に集まった。そこではよくアメリカの西部劇が上映《じょうえい》された。西部劇のヒーローを演じるジョン・ウェインは自分の馬を持っていた。わたしたちは自転車を持っていた。ジョン・ウェインは馬を飛ばして敵に立ち向かう。わたしたちは自転車を飛ばして、敵に立ち向かいたいと思っていた。

二日目、授業が終わると、わたしたちはまたダウンタウンにいって、占領軍《せんりょうぐん》をこまらせる方法がないか、さがしてまわった。そのときみつけたのは、ドイツ軍の司令部と兵士が寝泊《ねと》まりする兵舎をつなぐ電話線だった。電話線は電線とちがって、いじっても感電して黒こげになる危険はない。わたしは、ハンス・イェルゲン、クヌーズ小といっしょに自転車で電話線をたどってドイツ軍が占拠《せんきょ》している建物までいった。一本の木の横に電話線が張ってあるのがみつかった。地上二メートルほどだ。これならかんたんに手がとどく。わたしは木にのぼって、剪定《せんてい》ばさみで電話線を切った。それから数週間、わたしたちはあっちこっちで電話線を切ってまわった。

一九四〇年の秋、ずっとそんなことをしているうちに、これがオーゼンセで評判《ひょうばん》になった。わたしたちには決まったやり方があったせいで、電話線を切ってまわっている連中がいるといううわさが立った。標識の方向が変えられているのはだれにでもわかった。いまでもよく覚えているのだが、フーニクス映画館のロビーで、ほかの子どもたちがわたしたちの活動について話しているのがきこえてきたこともある。いったい、だれがやってるんだろうと、だれもが不思議に思っていた。

ドイツ軍はデンマーク警察に、きびしくとりしまるように、さもないと、ドイツ軍が警察権をとりあげるといってきた。デンマーク警察は、それだけは避《さ》けたいと考え、八人の警官に、犯人をつかまえるよう命令した。すぐに街の角に警官が現れて、新聞や軽食を売っている店できこみを始めた。電話線を切っている連中を知らないか？　情報を持っている者はいないか？　オーゼンセの警察本部長は、オーゼンセ新聞に、犯人逮捕《たいほ》につながる情報を提供《ていきょう》した人には三百クローネを支払《しはら》うという広告を出した。

まちがいなく、わたしたちはみんなの注意を引くことに成功した。三百クローネは、工場の労働者の三か月分の給料だ。

ヒトラーと自転車

デンマークで破壊《はかい》・妨害行為《ぼうがいこうい》に自転車を使ったのはRAFクラブが最初かもしれないが、最後ではなかった。第二次世界大戦中、自転車はいろんな所で、ドイツ軍に抵抗《ていこう》する道具として使われるようになったのだ。

大戦末期の一九四四年十月、デンマークのドイツ軍司令官だったヘルマン・フォン・ハネケンは、これを防ごうと、デンマーク中の自転車を徴発《ちょうはつ》せよという命令を出した。これに対してナチスにおける政治的ライバルだったヴェルネル・ベストが、反対意見をナチスの高官たちに送った。デンマークの食料を運搬《うんぱん》する労働者のほとんどは自転車を仕事に使っている、自転車を徴発《ちょうはつ》すれば、デンマークからドイツに運ぶ食料が少なくなる、という内容だ。この微妙《びみょう》な問題に決着をつけたのはアドルフ・ヒトラー自身だった。

十月二十六日、ヒトラーは次のような命令を下した。自転車店に残っているものだけ徴《ちょう》発《はつ》するように。ヒトラーはことを穏便《おんびん》にすませたかったのだ。しかし、ドイツ軍の兵士が駐輪場《ちゅうりんじょう》から鍵《かぎ》をかけていない自転車をトラックの荷台に放りこむのを、デンマーク人は怒《いか》りの表情でながめていた。いくつもの地下新聞が、自転車泥棒《どろぼう》は「ヒトラーの秘密兵器」だと書いた。

第二次大戦中のオルボー

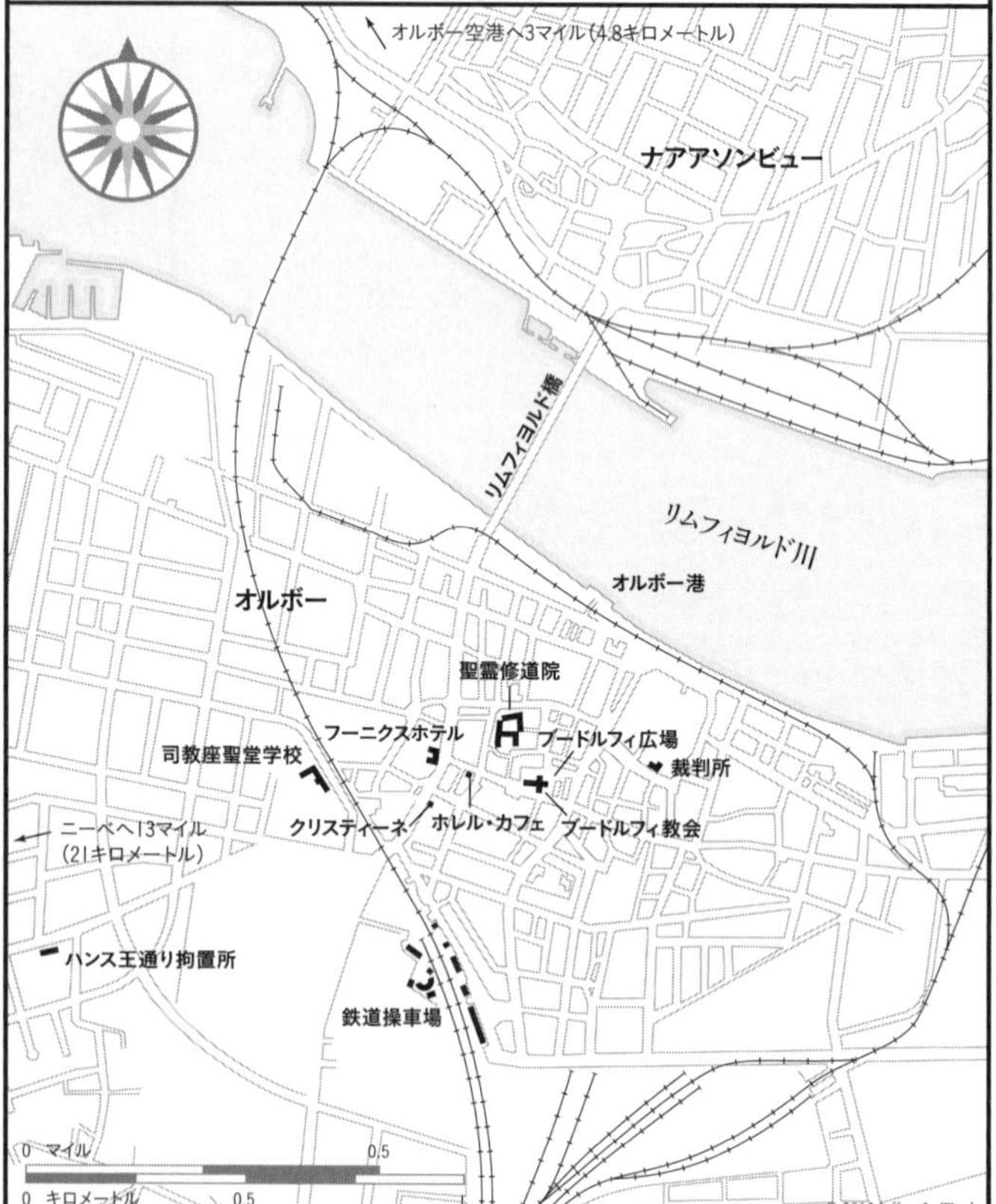

3
チャーチルクラブ

一九四一年春、クヌーズの父親イズヴァアト・ピーダスン牧師は別のプロテスタント教会にうつることになり、一家は二百五十キロほど北にあるオルボーという港町に引っ越《こ》した。この街はユラン半島の北にある。クヌーズは十五歳《さい》、イェンスは十六歳《さい》だった。ふたりとも、おばやおじ、いとこたちと別れるのがいやだった。日曜日の午後、のんびりトランプをしたり、親戚《しんせき》たちと遊んだりできなくなるし、なによりRAFクラブの仲間と会えなくなってしまう。クヌーズとイェンスは、オルボーでもっと強力な、速攻《そっこう》部隊を作ろうと決心した。RAFクラブの仲間は笑って、「絶対に負けるもんか」といった。

オルボーはデンマークで四番目に大きい街で、ドイツ兵であふれていた。ドイツ軍の戦《せん》略《りゃく》にとって最も大きな魅力《みりょく》は、格好の位置にある飛行場だった。一九四〇年四月九日、ドイツ軍は数分で――落下傘《らっかさん》部隊まで使って――この空港を占拠《せんきょ》し、オルボーの川や運河にかけられた橋をすべて確保した。そしてすぐに飛行機の格納庫《かくのうこ》を作り、滑走路《かっそうろ》を拡張《かくちょう》した。兵士たちをのせたトラック――その多くは早速、ノルウェー侵攻《しんこう》に送りだされることになった――が、オルボーの通りを土けむりを巻きあげて走っていた。ドイツ人将校たちは街でいちばんいい家やホテルを宿泊《しゅくはく》場所に使った。ドイツ兵たちは町のレストランや商店や居酒屋におしかけた。そのうち、戦場に送られたドイツ兵はうらやましそうに、デンマークのことを「ホイップクリーム前線」と呼ぶようになった。つまり、ドイツ兵はデンマークではのんびりできて、最前線で激しい戦闘《せんとう》をくり返している兵士たちと大ちがいだという意味だ。

ピーダスン一家が引っ越《こ》した先は、風通しのいい、ツタのからまった中世の建造物で、最上階は天井《てんじょう》がとても高かった。この建物は聖霊《せいれい》修道院と呼ばれ、一五〇六年にできた。実際にはいくつもの建物をアーチ型の通路でつないだものだ。何世紀もの間、この修道院はラテン語の学校、病院、教会、街の図書館などに使われてきた。そして今回、イズヴァト・ピーダスン牧師のデンマーク人民教会に場所を貸すことになった。一家の住居も用意

修道院の中庭

聖霊《せいれい》修道院

されていた。電気の暖房機《だんぼうき》を使う余裕《よゆう》はなかったので、毎朝、母親のマグレーデは夜明け前から起きて、修道院の七つの暖炉《だんろ》に石炭をくべてまわった。ロウソクを持って冷たいタイルばりのろうかを歩く母親を、何世紀も前に丸天井《まるてんじょう》に描かれたフレスコ画の天使の顔が見おろしていた。修道院のレンガの壁《かべ》には、十六世紀の人が残した自分の頭文字の落書きもあった。

クヌーズとイェンスは持ち物を二階のとなり合った部屋に運んだ。窓のカーテンを開けると、ぴかぴかにみがかれたドイツの屋根なし自動車がならんでいるのがみえた。オルボーの郵便局の前にあるブードルフィ広場だ。軍服の番兵がひとりで、見張っている。格好の標的だ、クヌーズはそう思った。

ふたりは司教座聖堂学校《しきょうざせいどう》に入った。そこは大学進学のための中等学校で、市の有力者の子弟が学ぶところだった。何百人もの生徒が自転車で毎日、通ってくる。自転車通学の生徒たちはときどき、ぼんやりした数学教師に先導されてくることがあった。その教師は、左に曲がる合図を出しながら右に曲がっては、大衝突《だいしょうとつ》を起こすので有名だった。

クヌーズもイェンスも、オルボーで早く破壊《はかい》・妨害《ぼうがい》活動をしたくてたまらなかったが、最初は用心することにした。学校にはドイツびいきの生徒や教職員もいた。まず、みんなのことを知る必要がある。だれが信頼《しんらい》できるか、どうすればわかるだろう？

なぜオルボー空港がそれほど重要だったか

オルボー空港はデンマークの北に位置していて、ドイツ軍がノルウェーに向かうときの燃料の補給地点として非常に便利だった。そしてドイツがノルウェーをどうしても制圧したかったのは、北大西洋の不凍港《ふとうこう》を確保するためだった。ドイツはノルウェーを支配下におき、スウェーデンの鉱山《こうざん》でとれる鉄鉱石《てっこうせき》を、ノルウェー北部の港町ナルビクから船で運ぶルートを作った。

ドイツ海軍の総司令官エーリッヒ・レーダーはこういっている。

オルボーで輸送機を待つ部隊

「スウェーデンの鉄鉱石《てっこうせき》の供給が確保できないかぎり、戦争をするのは絶対に不可能だ」

したがってオルボー空港は、デンマークでおさえるべき最も重要な施設《しせつ》だったのだ。

ドイツ軍は飛行場をイギリス空軍の攻撃《こうげき》から守るために、じつにうまくカモフラージュした。ベニヤ板で家畜《かちく》を作り、それをあちこちにおいたのだ。空からだと、緑にぬられた滑走路《かっそうろ》に牛や羊がおかれているところは、デンマークの平和な農場にしかみえなかった。

〈クヌーズ・ピーダスン〉　だれを信頼《しんらい》して、だれをさそえばいいのかがわからなかった。兄とわたし以外、破壊・妨害《ぼうがい》の経験のある人間はいなかった。それまでの経験から、内でえらそうなことをいうやつにかぎって、外に出るとパニックになるのはわかっていた。

司教座聖堂《しきょうざせいどう》学校で最初につき合うことになったのが、ヘリェ・ミロとアイギル・アスト

聖霊修道院

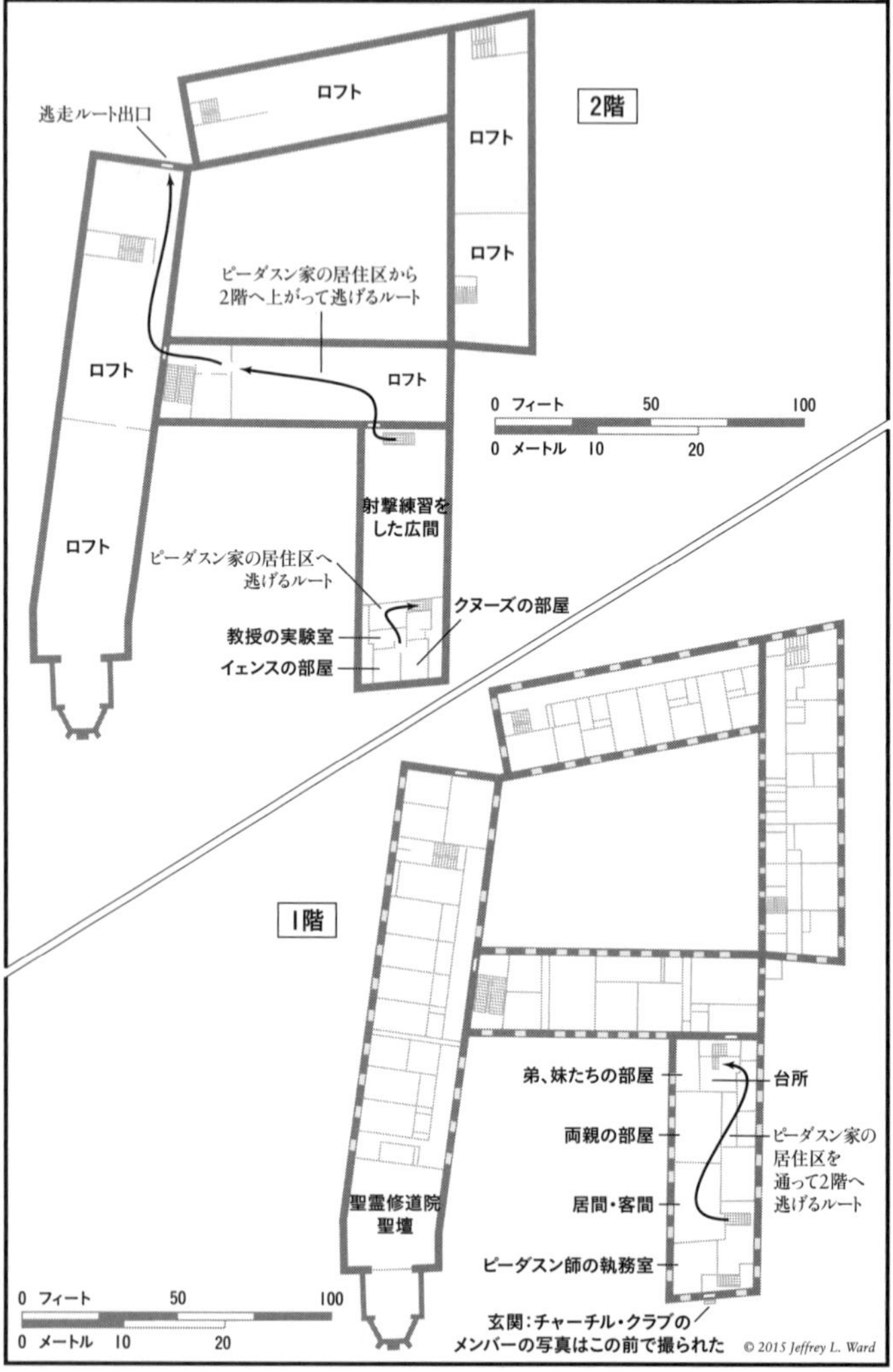
2階
ロフト
ロフト
ロフト
ロフト
ロフト
ロフト
逃走ルート出口
ピーダスン家の居住区から
2階へ上がって逃げるルート
射撃練習を
した広間
ピーダスン家の居住区へ
逃げるルート
クヌーズの部屋
教授の実験室
イェンスの部屋
0 フィート 50 100
0 メートル 10 20
1階
弟、妹たちの部屋
台所
両親の部屋
ピーダスン家の
居住区を
通って2階へ
逃げるルート
居間・客間
聖霊修道院
聖壇
ピーダスン師の執務室
玄関：チャーチル・クラブの
メンバーの写真はこの前で撮られた
0 フィート 50 100
0 メートル 10 20
© 2015 Jeffrey L. Ward

ロープ＝フレズレクスン。ふたりともわたしと同じ学年だった。同じ授業をとっていて、放課後、いっしょに遊んだりするようになって、ときどき修道院にも遊びにきた。アイギルはちょっときつい性格で、いつもいい服を着ていて、大声でしゃべって、笑い声も大きかった。女の子にもてるタイプだ。父親は街のまん中で花屋を営《いとな》んでいた。ヘリェは、ナアアソンビューという近くの市の裕福《ゆうふく》な家の息子だった。父親は化学工場を経営していた。

そのうちに、このふたりならＲＡＦクラブのことを話してもだいじょうぶな気がしてきたので、兄といっしょにオルボーでも同じような活動をしようと思っていると打ち明けてみた。ふたりともすぐにいっしょにやりたいといってくれた。そこである日の午後、ためしに三人で自転車に乗って、ドイツ軍兵舎の電話線を切りにいった。その兵舎は森の中にあって、当然、ドイツ兵があちこちにいた。

アイギルもヘリェも近くまでいくと、とたんにパニックになった。たのむから、引き返そうとわたしに泣きついた。電話線を切るのは、またの日にしよう。そこで中止することにした。気持ちはよくわかった。ああいう破壊行為《はかいこうい》は少しなれないとむりなんだ。

引き返す途中《とちゅう》、四人のドイツ兵がデンマーク人の女の人と楽しそうにしゃべっているそばを走った。アイギルとヘリェは自転車で走りすぎるとき大声で、その女を「野原のベッド」とののしった。それは、ドイツ兵と寝《ね》るだらしない女をばかにする言葉だった。

1941年にクヌーズが描いた絵。ドイツ兵が森で司《し》教《きょう》座《ざ》聖堂《せいどう》学校の生徒を追いかけているところ。

こまったことに、ふたりはわたしの前を走っていて、そのときはもうドイツ兵の横を走りぬけていたのだが、わたしはまだそこまでいっていなかった。わたしがそばを走りすぎようとしたとき、ドイツ兵たちが追いかけてきて、三人をとりかこんで止め、銃剣《じゅうけん》をぬいた。かんたんにわたしたちを刺《さ》し殺すこともできた。わたしたちはなんとか言いのがれをして、逃《に》がしてもらった。

・・・

オルボーには、いたるところにドイツ兵がいた。市内にも、森にも、港にも、まるでハエのように群がっていた。日曜日にはクヌーズの父親の教会にまでやってきた。父親はナチスの兵士をミサに参加させていいのか、悩《なや》

1943年司教座聖堂学校《しきょうざせいどう》の運動場

んだ。
　司教座聖堂学校《しきょうざせいどう》では体育館が兵舎に使われ、五十人の兵士が寝泊《ねと》まりしていた。女子生徒が校庭で運動をしていると、兵士たちが窓から身を乗りだして、口笛をふいたり、冷やかしたりした。

〈クヌーズ・ピーダスン〉　ある日、ドイツ軍の将校が校庭にやってきた。男子が校庭に出ているときだった。わたしは歩いていって、その将校と向かい合うと、「出ていけ」といった。激しい言い合いになって、男子生徒とドイツ兵がまわりに集まってきた。校長が階段をかけおりてきて、わたしをつき飛ばしてどなった。
「ばか者！　いったい、何のつもりだ？

さっさと教室にもどれ!」

校長を責める人はいなかった。学校の最高責任者としてはそうする以外なかったし、そうしなかったら、もっとひどいことになっただろう。

一九四一年のクリスマスの前、なにげない会話がすべてを変えた。わたしたちは修道院の兄の部屋にいた。兄とわたし、ほかには、わたしと同じ学年の中級Aクラスの仲間が四人。アイギル、ヘリェ、モーウンス・トムスン(オルボーの市政管理者の息子)、モーウンス・フィエレロプ(色白で、ほっそりした顔のクラスメートで口数は少ないが、クラスでは物理の天才と呼ばれていた)。イェンスのクラスメートもふたりきていた。クラス一の秀才スィグアト、それからプレーベン・オレンドーフ。プレーベンはちょっとえらそうな口をきくやつで、父親はタバコ工場を経営していた。

わたしたちは先生たちにクリスマスのプレゼントを買いに出かけたところだった。みんな思い切り休日気分で、全員パイプにタバコをつめて、女の子のことで笑い合って、ごきげんだった。ところがいつものことで、ふいにドイツ軍によるデンマーク占領《せんりょう》のことに話が飛んだ。当時は五分も話していると必ず、だれもが考えているこの話題にもどった。

いきなり真剣《しんけん》な話になった。全員、前かがみになって、声をひそめた。そして怒《いか》りをこめて新聞記事のことを話した。ノルウェー市民の処刑《しょけい》、ナチスに抵抗《ていこう》したノルウェー兵士の虐殺《ぎゃくさつ》。ノルウェー人はわれわれの兄弟だ、わたしたちはそう言い合った。立ちあがる勇気を持ったよき隣人《りんじん》だ。それにくらべ、デンマークの指導者たちはドイツと手を組んで、ナチスのきげんをとっている。

これこそ、わたしのききたかった言葉だ！　わたしや兄と同じように感じている同級生といっしょにいると思うと、ぞくぞくしてきた。みんなわたしたちと同じように、夜遅《おそ》くまで起きて、イギリスからの深夜放送に耳をかたむけているのだ。話せば話すほど、怒《いか》りがこみあげてきた。ばかばかしいったらない。だって、道でたまたまドイツ人にぶつかったら、帽子《ぼうし》をぬいで、うつむいて、支配者である兵士に、ごめいわくをおかけして申し訳ありませんとあやまらなくちゃならない。こちらは、連中が通りでばかばかしいフォークソングを大声で歌っているのをだまってきいているしかないんだ。

考えるだけで、怒《いか》りで全身がふるえてくる。それなのに、だれも何もしようとしない。一般のデンマーク人はドイツ軍に占領《せんりょう》されていることも、占領軍《せんりょうぐん》もいやでたまらないくせに、抵抗運動《レジスタンス》をしましょうというと、こう答える。

「いや、それはできない……待ったほうがいい……まだ、われわれには力が足りない……むだに血を流すだけだ！」

兄とわたしが提案《ていあん》をするころには、タバコのけむりが部屋に立ちこめていた。その提案《ていあん》は、わたしとイェンスとほかのＲＡＦクラブの仲間がオーゼンセで誓《ちか》った言葉だった。ぼくたちが行動を起こす。ぼくたちはノルウェー人のように行動する。ぼくたちはデンマークの国旗にぬられた泥《どろ》をはたき落とす。わたしは兄といっしょに、仲間とオーゼンセでの破壊《はかい》・妨害《ぼうがい》活動を行ったことを話した。ぼくたちは賞金のかかった反逆者なんだと、打ち明けた。

議論は白熱した。年上のふたり、スィグアトとプレーベンはきく耳を持たず、「頭がおかしいんじゃないか」といった。

「ドイツ軍にかかったら、一日で、消されてしまうぞ！　消されて、あとかたもなくなってしまう！」

しかし、年下のわたしの仲間は全員、自分たちが誇《ほこ》りに思える国をとりもどそうと決意していた。

その雪の日の午後、わたしは中級Ａクラスの同級生と、兄のイェンスといっしょにグループを結成することを誓《ちか》った。それはまだ戦い続けているノルウェーの人々と同じくらいの気概《きがい》でドイツ軍と戦うグループだった。オルボーに抵抗運動《レジスタンス》を根づかせよう。わたしたちはチャーチルクラブという名前を考えた。ウィンストン・チャーチルはイギリスの勇気あるすばらしい首相だ。

兄は抵抗運動《レジスタンス》の組織をどう作ればいいか調べ、みんなに教えるからといって、明日、同じ場所に同じ時間に集まることにした。プレーベンとスィグアトは、その日きいたことはだれにももらさないと誓《ちか》ってくれた。わたしたちは一時間前、先生へのプレゼントを買いにきたごきげんなお客ではなくなっていた。チャーチルクラブの活動がいよいよこれから始まるのだ。

・・・

次の日の放課後、クヌーズはほかの少年たちといっしょに足ぶみをして長靴《ながぐつ》の雪を落とすと、そうぞうしい足音を立てながらイェンスの部屋にいった。そこは修道院の一部で、以前住んでいた司祭の使っていた建物の中にあった。

こうして一回目のチャーチルクラブの集会が始まった。つめ物をしたソファにすわり、木製の分厚いドアを閉めた。クヌーズはその前の椅子《いす》にすわって、足音が近づいてこないか耳をすませていた。思ったとおり、足音がきこえてきた。それから大きなノックの音がひびいた。クヌーズはドアを開けて、目をこらした。小柄《こがら》な金髪《きんぱつ》の少年が「バアウ・オレンドーフです」といった。

プレーベン・オレンドーフの弟だった。兄から話をきいて、参加しようと思ったのだ。

司教座聖堂学校《しきょうざせいどう》にはいっていないし、一歳下《さい》だが、ここの仲間と同じようにナチスの兵隊が大きらいで、デンマークがドイツの要求を受けいれたことに怒《おこ》っていた。

バアウはクヌーズの前を通って、イェンスのテーブルの上に大きなタバコの袋《ふくろ》をぽんと投げると「好きにすってくれ」といった。

「タバコなら父さんの工場から持ってくるから、えんりょしなくていいよ」

これはありがたかった。クヌーズはドアを閉めて椅子《いす》にすわった。バアウはほかのメンバーといっしょにソファにすわった。

〈クヌーズ・ピーダスン〉 その日の午後、兄がクラブの計画を説明した。兄の計画は、戦争が長引くにつれて、かなり本格的な抵抗運動《レジスタンス》になっていった。最初のメンバーは少なかったが、まず、それを三つのグループにわけた。宣伝、工作、実働の三つだ。そのうち、クラブは大きくなっていく。

宣伝部隊はオルボーの街で、抵抗運動《レジスタンス》をやっている連中がいるということを宣伝してまわる。もちろん、ガリ版の道具もなければ、本格的な印刷機などあるはずがない。チラシを刷《す》るなんてことはできない。わたしたちの武器はペンキだった。色は青。自転車を飛ばして、ナチスと仲良くしているといわれている人間の店や家や事務所までいき、「戦争で大もうけ」と書いて、全速力で逃《に》げる。ひどいやつらだということを、みんなに知らせるのが目的だった。

その日、クラブのシンボルマークを作った。悪趣味《あくしゅみ》なナチスの【逆卍《ぎゃくまんじ》】をまねたマークだ。あの四つの端《はし》に矢印を書き足して、稲妻《いなづま》みたいな感じにした。

「ナチスに対する反抗《はんこう》のシンボル！」

四つの稲妻《いなづま》はまさにそうだった。

「反逆の炎がナチスを焼きつくす！」

この青いマークを、通りにずらっと駐車《ちゅうしゃ》しているドイツ軍の黒い屋根なし自動車に書きつけていった。それから、ドイツ軍の地味な色の兵舎や司令部の建物にもペンキで青の筋《すじ》をつけていった。チャーチルクラブのマークは、ナチの戦争犯罪人《はんざい》四人に対する死の警告でもあった。その四人とは、ヒトラーと、その三人の手下、ヘルマン・ゲーリング、ハインリッヒ・ヒムラー、ヨーゼフ・ゲッペルスだ。

工作部隊は爆弾《ばくだん》とか、それに似た爆発物《ばくはつぶつ》を作る。市内のドイツ軍施設《しせつ》、とくに飛行機の部品を運ぶ貨物列車に大きな被害《ひがい》をあたえることを計画していた。うぬぼれたナチスの連中をびっくりさせて、デンマーク国民の目をさまさせたかった。

モーウンス・フィエレロプ――あだ名は「教授」――は工作部隊にとって貴重な人材

だった。モーウンスはとくに物理が得意で、物理実験室の鍵《かぎ》を教師からあずかっていた。それから何週間も、いや、何か月も、教授は化学薬品を大量に失敬《しっけい》して、爆発物《ばくはつぶつ》を作った。

わたしたちは交代で、ひやひやしながら、教授がいろんな物を混ぜる手伝いをした。一度、作戦会議の最中に作りかけのものをこぼしたこともある。爆発《ばくはつ》しなかったのは、本当にラッキーだったと思う。しかし、爆発物《ばくはつぶつ》はどうしても必要だったし、敵の武器庫からいろんなものを盗《ぬす》めるようになるまでは、自分たちで作るしかない。その点、教授はたよりがいがあった。

実動部隊は文字通り、チャーチルクラブの作戦を実行にうつす部隊だ。もちろん、その日、全員が抵抗《ていこう》、破壊《はかい》活動を行うと誓《ちか》った。そのおもな内容は、ドイツ軍の設備や施設《しせつ》を破壊《はかい》し、武器をうばうことだった。わたしはこれがいちばんやりたかった。派手なことをするのが好きだったのだ。兄はどちらかというと作戦を立てるのが好きだった。とても勇《ゆう》敢《かん》だったのはいうまでもない。わたしは問題を起こし、兄は問題を解決するタイプだった。仲間内ではいつももめていた。みんなどんなことでも張り合うのが好きだったからだ。

最初の白熱した作戦会議のあと、第四部隊を作ろうということになった。協力部隊だ。学校の仲間たちの中で、ドイツ軍を攻撃《こうげき》したりするつもりはないとか、それほどの勇気はないけれど、ほかの方法で協力したいという生徒たちの部隊だ。資金を集めるとか、さま

修道院の前でチャーチルクラブのメンバーや友人たちと。後列左から、アイギル、ヘリェ、イェンス、クヌーズ。前列左から、不明、バアウ、不明、モーウンス・F。

ざまな形で援助《えんじょ》するとか。

たとえば、級友のひとり、ペンキ工場主の息子もそのひとりだ。何週間かして、われわれが宣伝活動を行っていたとき、彼はなにげない会話の中で、情報を流してくれた。警官が父親の工場にやってきて、オルボーの街でべたべたぬりたくられた青ペンキは、おたくの工場のペンキではないかとたずねたと教えてくれたのだ。

わたしは危険を承知《しょうち》で、チャーチルクラブのことを打ち明けた。そして、参加してくれないかと持ちかけてみた。彼は断ったものの、協力はするといってくれた。そして青のペンキを、十リットル缶《かん》で必要なだけ持ってきてくれるようになった。やがて、十人が協力部隊に入ってくれた。

メンバーが増えるたびに、活動が外にもれる危険が増すということはわかっていた。しかし十分考えたうえで、その危険はおかすことにした。まず、人数がほしかったからだ。

最初のチャーチルクラブの会合で、いくつかの原則を決めた。

・大人には絶対に、この活動を教えてはならない。仲間しか信用しない。
・銃器《じゅうき》を学校に持ちこまない——手に入れることができたとして。
・外部の人間に、チャーチルクラブのことを口外した者は、すぐに除名する。

・最後に、最も重要な決まりとして、チャーチルクラブの活動員になるためには、ドイツ軍の武器を盗《ぬす》むくらいのことはしなくてはならない。

最後の条項《じょうこう》を入れた理由はとてもかんたんだ。ドイツ軍の武器を盗《ぬす》もうとしてつかまると、死刑になることも多かった。その危険をおかしてまでとなると、だれだってクラブの活動に真剣《しんけん》にならざるを得ない。それに、この決まりがあれば、政府や警察にクラブのことを密告する気にはならないだろう。というのは、そんなことをすれば、その人間もつかまってしまうからだ。法律的にいえば、われわれは全員が共犯なのだ。

わたしたちは放課後、兄の部屋に集まるようになった。だれがきているかを確認してから、偵察《ていさつ》に出る。街をいくつかの区域にわけて、自転車で偵察《ていさつ》して、修道院の裏にもどってきて、情報を交換《こうかん》して話し合い、チャンスがあったら行動した。

わたしたちは白昼犯罪の専門家になった。というのもほとんどのメンバーが、門限があって、暗くなるころにはうちに帰らなくてはならなかったからだ。

それはそれでよかった。夜間はすべてがきびしく監視《かんし》されているぶん、敵は昼間の襲撃《しゅうげき》に弱かったからだ。たまに夜、活動するときは、親にはブリッジ（トランプゲームの一種）の集まりがあるからといって出てくることにしていた。だれかの所にトランプをしにいくからといえばだいじょうぶだった。ただし、集まるところは、電話のない家にしていた。

修道院の塀《へい》の外が暗くなると、わたしは立ちあがって、ドアの前にある椅子《いす》を引き、新しい仲間たちに、おやすみをいった。今日、わたしたちは生まれ、明日、わたしたちは行動を開始するのだ。

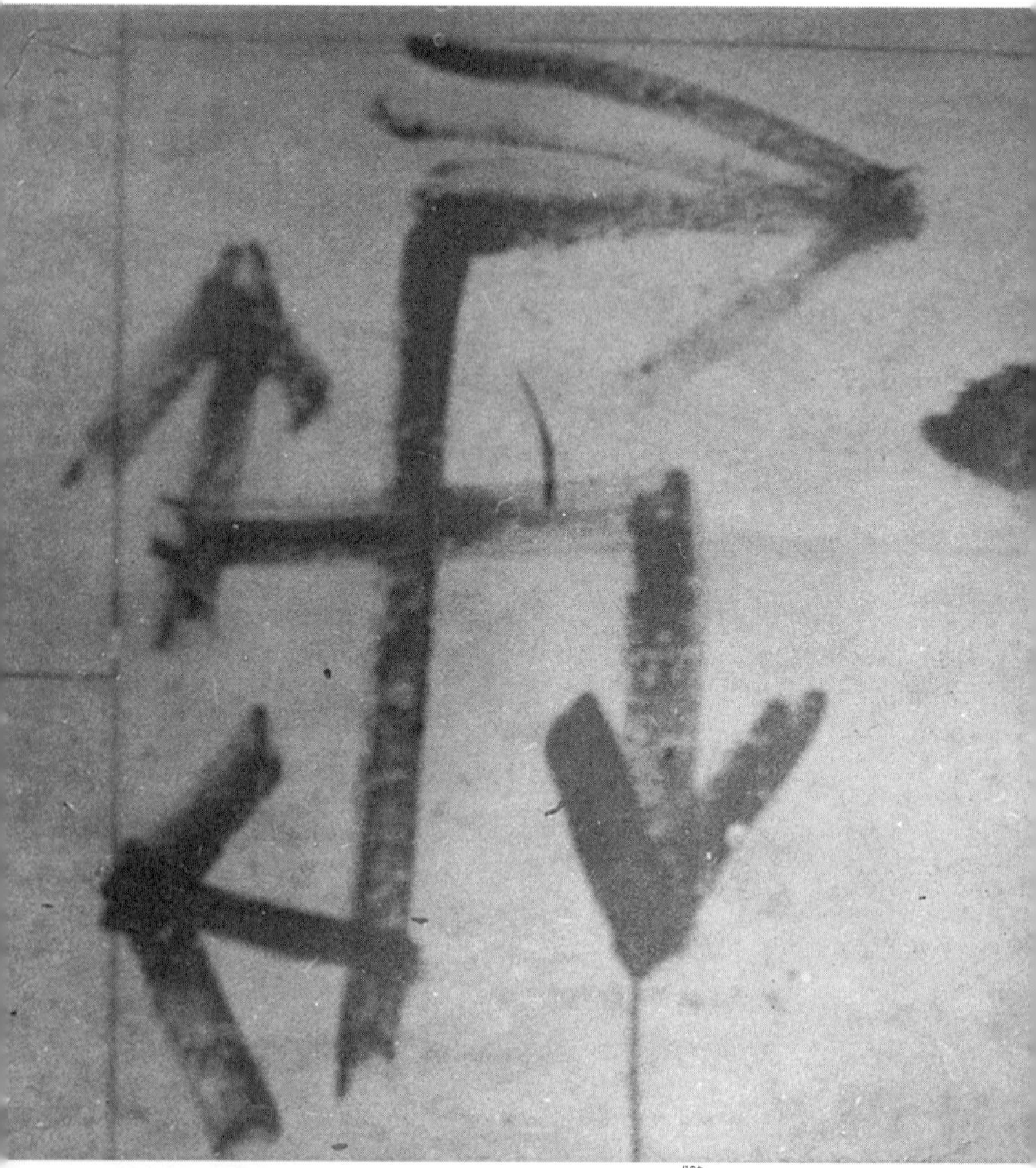

あちこちに描かれたチャーチルクラブのシンボルマーク。「反逆の炎《ほのお》がナチスを焼きつくす！」というつもりで描かれた。

4
息をすることを覚える

一九四二年一月、デンマークがドイツ軍に占領《せんりょう》されて二年近くたった。国民はドイツに対する反抗《はんこう》を戦いによってではなく、自分たちにも誇《ほこ》りがあるのだということを示すことで表明した。公共の場所で、デンマークのフォークソングを歌う人もいた。宝石店で売っている金製や銀製の国王のバッジを買う人もいた。これは政府との連帯のあかしだ。また学校で、ドイツ語の授業を拒否《きょひ》する生徒もいた。

一方、ドイツ軍はデンマークに居ついてしまった。そしてそのうちデンマークでの生活が快適になり、店でも自由に買い物をして、料理や娯楽《ごらく》も楽しむようになった。デンマーク人の工場主たちの中にも「保護者」たちと結託《けったく》して、ドイツの軍事計画を助けるような

王のバッジ

武器や機械のパーツを作るようになった人もいる。ドイツ兵のために、間に合わせの宿舎を建てる人もいた。コペンハーゲンのある武器工場は、ドイツ軍からの五千丁の短機《たんき》関銃《かんじゅう》の注文を受け、ドイツ軍はその支《し》払《はら》いのためにデンマーク国立銀行から資金を借りた。もうけるつもりになれば、いくらでも方法があった。

　こんな空気の中、チャーチルクラブは活動を開始した。

〈クヌーズ・ピーダスン〉　わたしたちチャーチルクラブの最初のころの活動は、オルボーのあちこちにできたドイツ兵のための道路標識の向きを変えることだった。オーゼンセでやっていたのと同じだ。ふたりひと組でやることが多かった。ひとりがするどく口笛をふいて、ドイツ兵に持ち場をはなれさせ、その間にもうひとりがこっそり近づいていって、標識の向きを変える。そうすれば、ドイツ軍の部隊や運搬《うんぱん》車両が道をまちがえる。ときどき、標識をハンマーでなぐりたおすこともあった。ドイツ兵が立て直すと、またそれをなぐりたおしにいく。

こんなことをしたところで、戦争に勝てるわけはないのだが、わたしたちにとっては練習をつんでいるようなものだったし、やっていることは通りの人たちの目にとまった。そして、ドイツに屈《くっ》しない者がいることをわかってくれたはずだ。

標識をねらうのは、危険な状況《じょうきょう》で活動する訓練になった。いつ逮捕《たいほ》されるかわからないし、射殺《しゃさつ》されることもありうる。この状況《じょうきょう》になれる必要があった。武装した兵士のそばでもふつうに呼吸ができるようにならなくてはならない。おどおどしたり興奮《こうふん》したりしていると、体がいつもとちがう反応をしてしまうんだ。どんなにささやかな行動でも、横隔膜《おうかくまく》が正直に反応してしまう。経験がないとね。呼吸が速くなる。笑いが止まらなくなる人もいる。ぺらぺら話しだす人もいれば、あとで後悔《こうかい》するようなことをしゃべってしまう人もいる。

わたしたちの戦いは、三百六十度まわりすべてが戦場だった。親や教師や級友といっしょのときでも、話す内容に気をつけたし、だれに話しているのか、いつも気にとめていた。

二月になると、オルボーのあちこちの壁《かべ》にチャーチルクラブのマークが青いペンキで描かれ、あちこちのドイツの標識がプレッツェルのようにゆがんできた。

●
●
●

そのうちクヌーズたちは、もっと大きなものをねらおうと考えた。第一候補は、いうまでもない。オルボーでドイツに協力している会社や工場は少なくなかったが、なかでもよく知られていたのはフクス建設会社だった。ドイツ軍のために、オルボー空港の格納庫《かくのうこ》や、滑走路《かっそうろ》や、事務所を作って、大もうけをしていたのだ。このおかげでドイツは、ノルウェーにどんどん飛行機を飛ばすことができるようになった。チャーチルクラブは弱腰《よわごし》のデンマーク政府に怒《おこ》っていたが、フクス建設会社はそういうものすべての象徴《しょうちょう》だった。

オルボー空港では、建設会社の事務所は飛行機の発着場や滑走路《かっそうろ》からはなれたところにあった。少年たちは、その建物を燃やしてしまおうと考えた。

〈**クヌーズ・ピーダスン**〉　わたしはアイギル、ヘリェ、バアウといっしょに行動を開始した。こごえるような冬の夕方のことだ。アイギルはその日が初めてで、もしうまくやれて、作戦が成功すれば、チャーチルクラブの正規の会員と認められることになっていた。

暗くなってからこっそり襲撃《しゅうげき》する予定だったので、夜間の数時間をかせぐために、四人とも親には、ブリッジをするといってあった。わたしたちは修道院の外で待ちあわせ、ふたりひと組になって、自転車で街のいちばん危険な場所に向かった。

オルボーと川の向こうにあるとなり町のナアアソンビューをつないでいるのがリムフィヨルド橋だ。ナアアソンビュー側にある空港はドイツにとって非常に重要だったので、橋の両側には武装した歩哨《ほしょう》が立って、行き来する車両をチェックしていた。わたしたちは、どちら側の歩哨《ほしょう》からも、通っていいと手をふられて、無事橋を渡ることができた。それからは北へ、雪のつもった道路を走って、郊外《こうがい》に出た。

五、六キロもいくと、オルボー空港の大きな格納庫《かくのうこ》の輪郭《りんかく》がみえてきた。雪におおわれた飛行場、その前に針金のフェンスがあって、まるで農場のようだ。あちこちに家畜《かちく》もいる。ただ、じっと立ったまま動かない。ドイツ軍が作った木製の家畜《かちく》だ。上空からだと、飛行場や軍事施設《しせつ》ではなく農場にみえる。

空港の正面入り口には衛兵のつめ所がある。しかしフクス建設会社の事務所は空港のはずれの暗がりの中だ。「無許可の者の出入りを禁じる」という掲示《けいじ》のかかっているフェンスの針金はかんたんに切ることができた。

こっそりフクス建設会社の事務所の近くまでいって立ち止まった。明かりはついていないし、ありがたいことに、番犬もいない。数分、暗い中で立って、音がしないか耳をすませていた。それからおどおどしながらも、作戦を実行にうつすため、勇気をふるいおこし、その一方で心の中では、まだ引き返せるかもしれないと迷っていた。

　バアウがいきなり枝をひろって、窓ガラスを三枚割った。びっくりするくらい大きな音がした！　アイギルのほうをみると、ズボンの前がぬれていた。

　窓から中に入ると、デスクとテーブルがずらっとならんでいた。ひとつのテーブルの上に、設計図がつまれている。もうひとつのテーブルには請求書《せいきゅうしょ》や領収書がおかれていて、その上にペーパーウェイトがのっている。また別のテーブルには名刺《めいし》の山があって、カードには「ナチス党員の訪問を受けたことを証明する」と印刷されている。

　たくさんのデスクや椅子《いす》を見おろすように、大きな額に入ったアドルフ・ヒトラーの写真がかけられている。ヒトラーは冷たい目でこちらをみている。まるで、われわれのことを知っているかのようだった。わたしたちはまずヒトラー総統《そうとう》の写真をくぎからはずして、デスクにたたきつけた。まわりにガラスの破片が飛びちった。それから床に投げつけて、顔の上でおどった。そして、設計図や領収書やカードを山にして、ぼろぼろになったヒトラーの写真を上においた。ケーキの上にかざるチェリーみたいな感じだ。その山の上にクッションをひとつのせた。火をつける直前に気がついて、タイプライターを一台外に持

フクス建設会社の被害状況《ひがいじょうきょう》を示す犯行現場の写真。空港の新しい格納庫《かくのうこ》の設計図が燃えて黒い灰になっている。

ちだした。これはとても役に立つ。めったにないし、あっても高くて買うことはできない。ほかにもうひとつ持ちだしたものがある。あとで整地機だとわかった。何に使うものかわからなかったのだが、使えそうな気がしたのだ。

それからマッチをすって、裏切り者たちの紙の山に火をつけると、自転車のところまでかけもどった。逃《に》げ帰る途中《とちゅう》、ふり返ると、闇《やみ》の中に赤い炎《ほのお》がくっきりとみえた。とても美しい光景だった！

次の日のチャーチルクラブの作戦会議で、ほかのメンバーから、犯行声明文をおいてきたかどうかきかれたので、いや、おいてこなかった、そんなことをする必要はないと思ったからだと答えた。すると、それはまずい、フクス建設会社の連中は、よくある放火事件で、愛国者による襲撃《しゅうげき》だと思われないだろうといわれた。くやしいが、そのとおりだ。占領軍《せんりょうぐん》に協力している大会社を襲《おそ》ったというのに、デンマークの不屈《ふくつ》の愛国者による反抗《はんこう》だということを宣伝しなかったのだ。

わたしたちは大きなハンマーを出してきて、盗《ぬす》んできた整地機をたたきこわした。いったい何に使う道具なのかは、わからなかったが、それにメッセージを書いた。

「この国から出ていけ、きたならしいナチスめ！」

数日後の夜、わたしたちは自転車に乗って、その道具を返しにいった。ついでにチャーチルクラブのマークも描いておいた。フクス建設会社の建物は燃え落ちてはいなかった。しかし、設計図や青写真や記録が燃えたことがわかって満足した。連中は最初からやり直さなくちゃならないはずだ。

わたしたちはヒトラーの顔をかなりハンサムにしてやったと思う。

ドイツによる占領《せんりょう》期間中、デンマーク王クレスチャン十世が馬に乗ってコペンハーゲンの街を散策《さんさく》するところ。

5
抵抗《ていこう》の火の手

一九四二年の最初の数か月、デンマークはまるでアンデルセンの童話からぬけでてきたかのようだった。血なまぐさい戦闘《せんとう》がくり返されている多くの国とくらべると、とくにそう見えた。コペンハーゲンでは毎朝、デンマーク王クレスチャン十世が馬に乗って通りをやってくると、デンマークの市民からもドイツの兵士たちからもあいさつの声が飛んできた。デンマークの外相、ニルス・スヴェニングスンは毎朝馬に乗り、ドイツ側の最高責任者、ヴェルナー・ベストとならんで通りを散歩した。

ノルウェーでは市民も兵士も銃撃《じゅうげき》されているというのに、デンマークの企業の重役たちはドイツ軍の高官たちとランチをして、デザートを食べながら商談をしていた。職のない

1943年、ドイツのデンマーク最高施政官《しせいかん》ヴェルナー・ベスト（右）とデンマーク首相エリク・スカヴェニウス。

デンマーク人労働者はドイツに送られて、ナチスのために働き、ドイツ兵たちがデンマークの女と腕《うで》を組んで街を歩いていた。一九四二年の初め、多くのデンマークの政府関係者は、ナチスが勝って、デンマークはビジネスパートナーになるだろうと考えていた。

ウィンストン・チャーチルはラジオでデンマークのことを「ヒトラーに飼われているカナリア」と呼んだ。

〈**クヌーズ・ピーダスン**〉　フクス建設会社の事務所襲撃《しゅうげき》のあと、わたしたちが標的に選んだのはドイツ軍の車両だった。青いペンキとハンマーと自転車という武器に、新たにガソリンとマッチという武器が加わった。この新しい武器が活躍《かつやく》することになる。わたした

チャーチルクラブがこわしたドイツのトラック。デンマークの警察が撮影《さつえい》したもの。

ちは外に出るときは小さな缶《かん》にガソリンを入れ、カバンにかくして持っていくことにした。そしてそれまでと同じように、奇襲《きしゅう》を心がけた。襲《おそ》って、逃《に》げる。

ある日、自転車で偵察《ていさつ》していると、ドイツの大型トラックが三台、野原に駐車《ちゅうしゃ》しているのが目にとまった。わたしたちは三人いたので、それぞれこっそり近づいていって、ウィンドー越《ご》しに中をうかがい、だれもかくれたり寝《ね》たりしていないことを確認した。三台とも空《から》っぽだ。わたしたちのうちのひとりがすばやく、シートをナイフで切り裂《さ》いてつめ物を引っぱりだし、ガソリンをふりかけた。もうひとりが三台のトラックにチャーチルクラブの青いマークをペンキで描いた。それから合図とともに、三人目がマッチでそれぞれの車に火をつけ、あとは一目散に逃《に》げた。すぐに火の手があがった。ガソリンの威力《いりょく》はすごかった。

またほかの日の午後、わたしたちは護衛《ごえい》のついていないドイツ軍の牽引車《けんいんしゃ》をみつけた。オルボーの郊外《こうがい》、リンホルムの飛行場のそばだ。わたしたちは同じようにシートを切り裂《さ》き、ペンキでマークを描き、火をつけようとして、ガソリンを持ってくるのを忘れたことに気がついた。いちばん年下のバアウに自転車で修道院までとりにいくよう命令した。バアウはくじ引きで決めようといったが、ほかのメンバーは首を横にふった。するとバアウはわたしたちを無視して、車のガソリンタンクの口を開けて、火のついたマッチを放りこんだ。車が燃えあがった。

まったく、バアウらしい。みるからに無邪気《むじゃき》そうなのだが、そういうやつがいちばんあぶない。カールした金髪《きんぱつ》、青く輝《かがや》く瞳《ひとみ》、かわいいほほえみ、まるで天使のような少年のくせに、徹底《てってい》した行動派なのだ。こわいもの知らずで、頭がよく、足が速い。すぐかっとなるほうで、口うるさい。そのせいで何度も問題を起こした。クラブでは最年少、十四歳《さい》だ。しかしわたしはバアウが好きだった。おたがいナンセンスなジョークが通じたし、オーゼンセでいっしょに活動したクヌーズ小と、とてもよく似ていたからだ。ふたりともこわいもの知らずで、小柄《こがら》だった。

わたしはバアウと親しくなった。彼は二十五キロほど西にあるニーベという小さな町に住んでいたが、オルボーの学校に通っていた。イェンスはバアウの兄を知っていて、それがきっかけで、チャーチルクラブのことを知った。バアウはわたしたちの活動に加わりたくてしょうがなく、しょっちゅう、二十五キロの道のりを、それも雪のつもっている道路を、自転車を飛ばしてニーベとオルボーを往復《おうふく》した。

ふたり組でやるとき、わたしはバアウと組むことが多かった。おたがい相手の気持ちがよくわかるようになり、言葉が必要ないときもあった。ひとりが敵の注意を引いて、もうひとりが襲撃《しゅうげき》する。たとえば、あるとき、アイギル、イェンス、バアウ、わたしがいっしょのとき、ダウンタウンのフェンスの向こうに屋根なし自動車がならんでいるのが目にとまった。その一番近くにとまっている車のフロントシートにピストルがおいてあるのがみえた。全員の目が輝《かがや》いた。これはいただいていかないと。

フェンスのそばには武装した歩哨《ほしょう》がひとりきりだ。ひと目で、たいくつしているのがわかった。男の子たちが道路でサッカーをしているのを、ぼんやりながめている。バアウは立ったままで、目はピストルにくぎづけだった。ボールがそれてこちらに転がってきた。バアウはとっさにかけだし、ボールをフェンスの向こうにけりこんだ。ボールは一台の屋根なし自動車の下まで転がっていった。わたしは走っていって、歩哨《ほしょう》に「すいません、

クヌーズの部屋の窓からみたブードルフィ広場のドイツ軍車両

ボールをとりにいかせてください」といった。歩哨《ほしょう》がわきにどいてくれたので、わたしはゲートを開けて中に入った。わたしはボールをひろって、バアウが歩哨《ほしょう》に何かきいているのをみると、目当ての車まで走っていって、ピストルをつかみ、ウエストバンドの中につっこんだ。それから道路までかけもどって、ボールをけって男の子たちに返してやると、その場を去った。

わたしたちはドイツ軍の車を使えなくするのがうまくなっていった。車はオルボー中にあったし、とくに飛行場の近くは多かった。わたしたちは一瞬《いっしゅん》のうちにラジエーターのカバーをはずし、その下の部品を盗《ぬす》むかたたきこわすことができるようになった。そしてつねに、明るい青のマークを残すことを忘れないようにした。

わたしたちがいちばんこわしたかった車は、わたしの部屋のすぐ外の、ブードルフィ広場にずらりとならんでいる車だった。チャーチルクラブの会合をするたびに車がカーテンごしにみえ、ばかにされ、侮辱《ぶじょく》されているような気がして、目ざわりでしょうがなかったのだ。修道院の古い壁《かべ》のまわりを冬の風がふきすさぶなか、わたしたちは兄の部屋に集まってあの車をなんとかする方法を話し合っていた。歩哨《ほしょう》を殺してでも、なんとかしたかった。武器をどうするか、議論はそれに集中した。話すことといえば、それしかなかったのだ。いま、あるのはピストルと、修道院の最上階からみつけてきた鉄の棒が数本。それを実際に使うかどうか？

ある日の午後、パイプのけむりが立ちこめる中で、わたしたちは新たな襲撃《しゅうげき》の計画を立てていた。窓の外にならんでいる車を使えなくするための計画だ。ふたりが車のラジエーターのカバーをはずして、エンジン部分をこわして使えなくする。その間、ひとりが歩哨《ほしょう》に話しかけて注意をそらす。「あの、すいません。火を貸してもらえませんか？　デンマーク語がわからない？　そうですか、失礼しました。あの、ドイツ語でマッチはなんていうんですか？」といった調子だ。

もし歩哨《ほしょう》に気づかれたら、車の下にかくれていた四人目がこっそり後ろにしのびよって、鉄棒で頭をなぐる。だれかが提案《ていあん》したように、首をなぐるほうが効果的かもしれない。どちらにしろ、歩哨《ほしょう》は死んでもらうことになる。そして死体は車の下につっこむ。そこまで話がまとまった。だれが歩哨《ほしょう》をなぐるかは、くじ引きで決めた。あたりくじを引いたメンバー、いや、はずれくじを引いたメンバーというべきか、そのメンバーは椅子《いす》にすわって、鉄の棒を手の上で転がしながら、それを使うところを想像していた。

ところが、その計画は実行にうつさないことになった。話し合いのときにいなかったふたりのメンバーが、それをきいて反対したのだ。

「後ろからなぐる？　それはおれたちのやり方じゃない！　それはおれたちの信条に反する。いくら相手がドイツ兵だからといって卑怯《ひきょう》だ！」

チャーチルクラブを発足させたとき、わたしたちはみんな、敵なら殺せる、平気だ、と誓《ちか》った。しかし実際にそのときになると、残念なことに心の準備ができていなかった。みんな中流階級の子だ。知的な職業や専門的な職業についている親の子どもばかりだ。銃《じゅう》を撃《う》ったこともなければ、こん棒で人をなぐったことも、ナイフでのどを切り裂《さ》いたこともない。だれひとり軍事訓練を受けたこともない。まだ軍隊に志願して入れる年齢《ねんれい》ではないし、そもそもデンマークには軍隊などないも同然だ。人を殺すときの感覚など経験したことがない。軍隊に入ると基礎《きそ》訓練を受ける。そこで人間性をはぎとられ、人間的な感情をなくし、戦争の恐怖《きょうふ》を任務の一部と考えるようになり、兵士として生まれ変わる。わたしたちは若き愛国者であって、できることをしながら自分たちをみがき、きたえなくてはならない。人を殺すには、まだまだ時間と訓練が必要だ。

そんなわけでブードルフィ広場の車襲撃《しゅうげき》作戦は延期されたが、中止されたわけではなかった。なんとか、そこにこぎつけるよう努力しなくてはならない。ただ、この作戦の中止は残念でしょうがなかった。とくにちょうどこのとき兄が、オーゼンセにいるいとこのハンス・イェルゲンから暗号の手紙を受けとったことも影響《えいきょう》していた。安全を期すために、ふたりはおたがいの戦況《せんきょう》を知らせるのに暗号を使っていた。マリー・アントワネットが使っていた暗号を、ふたりは現代的に作り直し、「デンマークはすべての人がそれぞれの義務を果たすことを期待する」という言葉をキーワードにして、暗号を作った。

ハンス・イェルゲンからの報告では、ＲＡＦクラブはオーゼンセにあったドイツ軍の車を十五台破壊《はかい》したとのことだった。わたしたちがブードルフィ広場でやりそこねたことだ。細かいことは書かれていなかったが、ハンス・イェルゲンがリーダーなのはまちがいない。彼らは改装された厩舎《きゅうしゃ》を襲撃《しゅうげき》した。そこにはドイツ軍の自動車や大量の軍用品がおかれていた。ボーイスカウトの一日集会があった日の夜をねらったらしい。ハンス・イェルゲンはボーイスカウトの一員で、その日は制服を着て、いろんなグループの催《もよお》しに参加して、

オーゼンセのRAFクラブに破壊《はかい》されたドイツ軍車両

多くの人にそこにいたことを印象づけた。

暗くなるとすぐに、ハンス・イェルゲンは集会場からぬけだして、自転車で厩舎《きゅうしゃ》までいった。ドアの外にはいつも歩哨《ほしょう》がいたが、ＲＡＦクラブに協力的な女の子が気を引いて、そこから連れだしてくれた。ハンス・イェルゲンは中にしのびこむと、自家製の爆弾《ばくだん》のようなもので大量のワラに火をつけた。それから、名前をいわないで消防署に電話をして、厩舎《きゅうしゃ》から遠くはなれた場所が火事ですと知らせ、制服姿のまま、ボーイスカウトの集まりにもどって、仲間の中にまぎれこんだ。消防隊は火事の連絡《れんらく》を信じて、街の反対のほうに直行した。ハンス・イェルゲンが兄にあてた報告によれば、すてきな車はすべて一時間以上も燃えつづけ、黒こげの鉄の現代彫刻《ちょうこく》になってしまったとのことだ。

じつに大胆《だいたん》な作戦だった。ハンス・イェルゲンは自慢《じまん》そうに、RAFクラブはチャーチルクラブの先を越《こ》したぞ、といってきた。わたしたちは反論のしようがなかった。こうなったからには、同じくらい大胆《だいたん》な作戦を成功させなくては。

聖霊《せいれい》修道院の内部の通路。不規則に広がる古い建物は、秘密の集会をするのにうってつけだった。

6
武器をとれ

一九四二年春、冬の間に降りつもった雪がとけはじめた。チャーチルクラブのメンバーも増え、協力者もふくめると二十人近くになった。あいかわらず放課後、標的をさがしたが、夜の襲撃《しゅうげき》が増えた。ターゲットの多くは自動車だ。それに参加するメンバーはどこかでブリッジをしていることにした。

新たに加わったメンバーの中で最も重要なのはウフェ・ダーゲト。ほかの学校の生徒だったが、アイギルが前の学校にいたときの仲間だ。アイギルは司教座聖堂《しきょうざせいどう》学校に転校してからも、ウフェとは連絡《れんらく》をとり合っていて、チャーチルクラブに推薦《すいせん》したのだ。ぱっとみただけでは、ウフェが破壊《はかい》工作者だと思う人はまずいないだろう。いつもきちんとした服装をしていて、言葉づかいはていねいで、ゆかいな少年だったからだ。金髪《きんぱつ》でハンサムで、礼儀正しく、落ち着いていて、相手に信頼《しんらい》される。ところが、ほかの仲間と同じように勇敢《ゆうかん》で、ひたむきで――怒《おこ》っていた。ウフェはすぐに入会をゆるされた。

クヌーズとイェンスは、チャーチルクラブのことを家族からかくすのに大変な苦労をしていた。両親がこのことを知ったら、止めようとしたにちがいない。ただ、秘密がばれないようにするのは、いくつかの点で、そうむずかしくはなかった。両親、イズヴァトとマグレーデは教会の細々とした仕事に追われていた。妹のゲアトルズはとっくに、イェンスやクヌーズのしていることには興味を持たなくなっていた。それはおたがいさまだった。ふたりの弟、イェルゲンとホルガはまだ小学生だ。

クヌーズとイェンスの部屋――チャーチルクラブの本部――が二階にあって、ほかの家族の使う部屋からはなれていることもありがたかった。作戦会議のときは、必ずイェンスのドアの前でメンバーのひとりが番をして、だれかが階段をあがってきたときに対応することになっていた。一方、ふたりの両親は、息子たちがオルボーに引っ越《こ》して早々に新しい友だちができたことを喜んでいた。

司教座聖堂学校《しきょうざせいどう》の生徒も、何も知らなかった。「クヌーズ・ピーダスンはけんかっ早かった」と、級友がのちに語っている。

「すぐにクラスの男の子たちを何人も連れ歩くようになった。しょっちゅう校庭に集まっていたけれど、何をしているのかは、だれも知らなかった」

司教座聖堂学校《しきょうざせいどうがっこう》の教員は中間試験に向けて勉強するよう、生徒たちにはっぱをかけていたが、生徒の一部が参加しているとんでもないドラマには気づいていなかった。

彼らは武器を盗《ぬす》む技術をみがく一方、爆発物《ばくはつぶつ》を作る研究も進めていた。チャーチルクラブの「教授」――モーウンス・フィエレロプ――は修道院の二階にある部屋のひとつを化学実験室に変えた。そこで、司教座聖堂学校《しきょうざせいどうがっこう》の化学教室から失敬《しっけい》してきた可燃性《かねんせい》物質を混ぜていたのだ。どれも最初はうまくいかなかったが、失敗を重ねるうちに、教授は成功に近づいているのを実感するようになった。

〈**クヌーズ・ピーダスン**〉　ときどき二階全体にけむりがもうもうと立ちこめて、みんなで窓を開けてまわったこともあった。教授は、駐車《ちゅうしゃ》していたドイツ軍の車のエンジン部分に放りこむのに手頃な小型の爆弾《ばくだん》を作ろうとしていたんだ。最初のうちは爆弾《ばくだん》は沈黙《ちんもく》したままで、わたしたちはしかたなく、いつものようにラジエーターのカバーをこじ開けて、いつもの道具でエンジンをこわしていた。しかし教授は爆弾《ばくだん》の開発を続けた。教授は無口なタイプで、わたしたちが大笑いしているときでも、かすかにほほえむ程度《ていど》だった。

わたしたちはそのときそのときで作戦を立てた。ときどき、無謀《むぼう》なこともやってのけた。そもそも決まった指揮系統《しきけいとう》がなってなかったのだ。全員がおたがいに嫉妬《しっと》していて、リーダーを選ぶことができなかった。みんなが、みんなをけなした。あるとき、教授はアイギルの発言にまっ赤になった。アイギルはこういったのだ。あんな爆弾《ばくだん》はチャーチルクラブの一員としてはずかしい、ほかのメンバーといっしょにピストルを盗《ぬす》め。ほかの仲間もそういいだした。

「あの爆弾《ばくだん》、爆発《ばくはつ》しないじゃん」

「教授のくせに！」

修道院の壁《かべ》くらい分厚くて迫力《はくりょく》のある皮肉攻撃《こうげき》だ。しかし、わたしたちはおたがいを信頼《しんらい》していて、使命感が仲間を結びつけていた。そして「ノルウェーの人々の気概《きがい》」――抵抗《ていこう》する勇気――これをデンマークの国に根づかせたいと思っていた。政府がどういおうと、デンマークは立ちあがるべきなのだ。

週に何度か、兄の部屋で集まりを持ち、メンバーを確認してから自転車で出発する。わたしたちは市を四つにわけて、偵察《ていさつ》した。ふたりひと組のときもあれば、単独のときもあった。とまっているドイツの車をチェックしたり、ドイツ軍の司令部のそばを走ったり、ドイツ軍の持ち物でこわせそうなものをさがしたり、盗《ぬす》めそうな武器をさがしたりした。

たまには収穫のないこともあったが、ふつうは何かみつかった。

毎日のようにこんな偵察《ていさつ》をしていて、あるときドイツ軍の兵舎のそばを走っていたわたしは目玉が飛びだしそうになった。あまりにうれしくて、自分の目が信じられなかった！　わたしはサドルから腰《こし》を浮《う》かすと、思い切りペダルをふんだ。街を走りまわって、仲間を集め、すぐに修道院にもどるようにいった。数分後、全員が兄のソファにすわった。バアウのタバコの葉がみんなのパイプで赤く燃えている。ドアの前に椅子《いす》をおいて、全員がわたしのほうをみていた。

「何をそんなに大さわぎしてるんだ？」だれかがきいた。

「大さわぎしないでいられるかよ。ドイツの最新のライフルが、兵舎のベッドの柱にかけてあるのを発見したんだ。窓は大きく開いていて、持っていってくださいっていわんばかりだった。チャンスだ」

全員一致《いっち》で、もらいにいくことになった。

「夜になるまで待ったほうがよくないか」とだれかがいったが、ほかのみんなは、すぐに行動すべきだ、日中がいい、と考えた。通りに人がたくさんいるほうがカモフラージュになる。兵舎だって警備が手薄《てうす》だ。少なくとも一時間前はそうだった。夜になれば、ドイツ兵がベッドにもどってくる。いまはベッドのそばにライフルがあって、だれもいない。

こうしてまっ昼間に、行動を開始することにした。ライフルを奪取《だっしゅ》したら、うまくかくして修道院まで運ばなくてはならない。デンマーク人の少年がにこにこしながら、肩にドイツ軍のライフルをかけて、ドイツ兵があちこちにいる通りを自転車で走るのはむりだ。ライフルを手に入れる作戦と、運ぶ作戦を立てる必要がある。

この作戦にはメンバーが三人とレインコートが必要なことがわかった。三時ごろ、わたしはバアウとモーウンス・トムスンを連れて兵舎までいった。まずそのまわりを二周して、人や車の流れをチェック。ドイツ軍の番兵がいないことを確認した。まだだれもいない。三周目、モーウンスがわざと速度を落として少し遅《おく》れた。わたしとバアウが前で、バアウがレインコートを持っている。兵舎に近づくと、わたしたちは自転車を木のかげにかくした。兵舎は有刺《ゆうし》鉄線を張ったフェンスでかこまれているが、有刺《ゆうし》鉄線の間が広く開いているので、かんたんに入っていける。わたしは有刺《ゆうし》鉄線を広げて、バアウを中に入れると、そのあとに続いて中に入り、ふたりでゆっくり、目的の窓のほうに歩いていった。ライフルはまだそこにあった。空っぽのベッドの柱にぶらさがっている。ところが、となりの部屋にドイツ兵がいる。こちらに背を向けて、布切れで窓をふいている！　こちらには気がついていない――まだ。

わたしたちはぎょっとして動けなかった。しばらく心臓の鼓動《こどう》がおさまるのを待って、それから顔を見合わせて、うなずいた。行動開始だ。わたしはこっそり建物の端《はし》までいくと、じりじりとあの窓までいき、手をつっこんだ。そしてしっかりライフルをつかむと、ベッドの柱からはずして引きよせ、バアウに渡した。ライフルはちょうどバアウの身長と同じくらいだった。バアウはそれを自分のコートの中に入れて歩きだした。走ったりせず、ふつうの速さで歩いていく。わたしも後ずさった。となりの部屋のドイツ兵の立てる音がきこえる。部屋の窓をそうぞうしくみがいている音だ。

わたしたちは急いでフェンスから外に出た。モーウンスがライフルをレインコートに包んで自転車にのせる。通りには郵便配達の人と、女の人がふたり立っていて、こちらをみていた。ひとりの女の人と目が合った。全部みていたわよ、という目だった。そしてこまっているようだった。大声をあげようか、それともだまっていようか、という顔だ。わたしたちは、お願いですからだまっていてくださいという余裕《よゆう》はなかった。しかし自転車でその場を去るとき、大声はあがらなかった。

わたしたちは細い道を走って修道院に向かった。モーウンスは何度も自転車を止めて、ライフルをレインコートで包み直した。どうしても両端《りょうはし》がのぞいてしまうのだ。修道院がみえてくると、わたしたちは口笛をふいて、到着《とうちゃく》を告げ、自転車を門に立てかけ、レインコートに包んだものをかかえて、中にかけこんだ。わたしたちはそれを兄のベッドにおい

デンマーク義勇軍の兵舎。見張りや破壊《はかい》活動の防止などでドイツ軍を助けた。

て、レインコートから出した。ライフルをみると、ぞくぞくした。銃床《じゅうしょう》はよくみがかれていて、銃身《じゅうしん》は輝《かがや》いていた。

すごい武器を手に入れた。遠くはなれたところから人を殺すことができる。それがどういうことなのか考えなくてはならないが、それはあとにすることにした。作戦に参加した三人は大喜びだ。次の日の午後、集まりを持った。それまでで最も重要な集会だった。

・・・

次の日、チャーチルクラブの全員が出席した集会は、ライフルをうばったときの詳細《しょうさい》な報告から始まった。窓ふきをしていたドイツ兵のことから、目撃者《もくげきしゃ》のことまで細かく伝えられた。

全員がライフルを持って、銃身《じゅうしん》をながめ、この安定感のある殺人兵器の重さを手で感じ、射程内《しゃていない》にドイツ兵のいるところを想像した。少年たちの全員が満足していた。すごい武器がひとつ手に入ったことで、なんとなくそれまでと雰囲気《ふんいき》が変わったのだ。

それから真剣《しんけん》な議論になった。

〈**クヌーズ・ピーダスン**〉　今回の作戦は、それまでにやってきたこととまったくレベルがちがうものだった。たしかにドイツ軍の車からピストルを盗《ぬす》んだのは大きかった。しかしピストルは近距離から数発撃《う》ったらおしまいだ。ライフルなら狙撃《そげき》することができる、はなれた所からでも攻撃《こうげき》できる、仲間を援護《えんご》することもできる。

わたしたちは重要なことを決めなくてはならなかった。それは、これからの活動の方針だ。つまり、それまでのようにドイツ軍の標識や施設《しせつ》を破壊《はかい》したり損傷《そんしょう》したりするのを続けるのか、それとも方向転換《てんかん》をして、これからは武器を集め、それを使って占領軍《せんりょうぐん》と戦うための訓練を始めるのか。新しい方向に進むとしても、ドイツ軍の車や建物に火をつけたりするのをやめるわけじゃない。ただ、武器を集めるほうに力をそそぐことになる。

激しい議論になり、全員がこれに加わった。が、教授だけはほとんど何も発言しなかった。結論は、デンマーク国民の目をさまさせるためには武器が必要だということになった。

そうなると、わたしたちの活動はそれまでより大きく複雑なものになり、自分たちを守る武器も必要になってくる。そのうち、もしかしたら連合国側が優勢になって、イギリス軍がデンマークをドイツの手から救いにきてくれるかもしれない。そのときイギリス軍といっしょに戦うための武器があったらどんなにうれしいだろう。もし武器があれば、友軍とともに戦うことができる。

最後は、わたしたちの心はひとつになった。フランス国歌に「Aux armes, citoyens!(武器をとれ、市民たち！)」とあるように、武器！　われわれには武器が必要だ！　だが、どこにある？　仲間のひとりがこういった。自転車で走りまわっていれば、ほかにみつかるかもしれない。クヌーズはそうやってみつけたんだから。

するとほかの仲間が、死んだ小鳥をみつけた子どもの話をした。その子は小鳥をうめ、自分はいいことをしたと思い、もっとたくさん小鳥をうめられる墓地を作った。そして死んだ小鳥をさがしに出かけたが、一羽もみつからなかった。結局、あの小鳥をみつけたのは偶然《ぐうぜん》にすぎなかったということだ。

この話のポイントは、武器を増やすつもりだったら、幸運にたよっていてはだめだということだ。つまり、ドイツ軍が武器をおいているところをみつけて、それを手に入れるための作戦を考える必要がある。

わたしたちは、ドイツ軍の集まる場所のリストを作り、どこなら武器を手に入れることができるか検討《けんとう》した。ダウンタウンのカフェにはいつもドイツ軍将校が出入りしている。鉄道の駅は箱づめされた弾薬《だんやく》を盗《ぬす》むのにいいかもしれない。波止場は武装した兵士が警備している。これからあたたかくなるから、窓を開けることも多くなる。ドイツ軍の兵舎は必ずチェックすることにしよう。

わたしたちは次の日の偵察《ていさつ》のメンバーを決めて、解散し、各自の家にもどった。中間試験の勉強をしなくちゃいけない。

行進するドイツ兵

7
ホイップクリームと鉄鋼《てっこう》の街

一九四二年の春、空港と港のある街オルボーは、ノルウェーに向かう何千人というドイツ兵のための中継《ちゅうけい》基地になった。彼らは、スウェーデンの鉱山《こうざん》でとれた鉄鉱石《てっこうせき》をドイツの工場へ運ぶ船舶《せんぱく》の護衛《ごえい》をすることになっていた。ヒトラーはオルボーを、東部戦線でソビエト軍と戦ったドイツ兵の療養《りょうよう》、休養にも使っていた。前年の夏、ドイツはソビエトとも交戦状態に入っていたのだ。

一九四一年六月、ドイツ軍はソビエト連邦《れんぽう》に侵入《しんにゅう》し、東部戦線は大激戦となった。このヒトラーの作戦によって、ドイツをはじめとする枢軸国《すうじくこく》およびフィンランドはソビエト、ポーランド、ノルウェー、その他の連合国と対抗《たいこう》することになった。

これは歴史上、最も大きな戦争だった。すさまじい戦闘《せんとう》がくり広げられ、大規模《だいきぼ》な破壊《はかい》が行われ、戦い、飢餓《きが》、寒さ、病気、虐殺《ぎゃくさつ》などによって多くの死者が出た。第二次世界大戦での死者は七千万人といわれているが、一般《いっぱん》市民もふくめると三千万人以上がこの東部戦線の戦いで死んでいる。

東部戦線からオルボーに引き上げてこられたドイツ兵は、その幸運に心から感謝した。毎日、多くのドイツ兵が街に出入りした。その多くはノルウェーにいくことになっていた。学校や教会に間に合わせに作った兵舎で数晩寝《すうばんね》て、輸送船に乗りこむ。全員武器を持っていて、どの武器もいまや、チャーチルクラブの興味の的《まと》だった。

少年たちはすぐに、武器を盗《ぬす》むのは放火と同じくらいかんたんだということに気がついた。

「武器を盗《ぬす》むのは、本当に楽だった」と、のちに、メンバーのひとりが語っている。

「パレードや駅で、メンバーのふたりがドイツ兵に近づいていって、親しげに話しかけている間に、ほかの仲間が、壁《かべ》やベンチに立てかけてあるライフルを持っていくだけなんだから」

〈クヌーズ・ピーダスン〉 日に日に、盗《ぬす》んできたナイフや銃器《じゅうき》や銃剣《じゅうけん》が増えていったね。

武器は修道院の地下室にかくしておいて、いつも数をチェックするようにしていたんだ。うちの両親はまったく気づいてなかった。ふたりとも、わたしが落第するんじゃないかと、それが心配で、新しい友だちと仲良くしているのをみて喜んでいたくらいだ。ほかのだれかの家じゃなくて、修道院にみんなが集まっているのをみてほっとしていたんだろう。

ドイツ兵が次々にオルボーにやってきた。通りにならぶドイツ軍の車の列は長くなる一方だ。連中は街でいちばんいいホテル――フーニクスホテル――を司令部に使っていた。

何百人ものドイツ兵がオルボー港にやってきて、身をかがめるようにして、ノルウェー行きの古い貨物船の一番下の船室に入っていく。わたしたちはドイツ人が大きらいだったが、兵士が戦場におもむくのをみるのは、なんとなくつらかった。兵士たちは年上だが、多くはわたしたちとあまりちがわない。

乗船が終わると、船全体に網《あみ》をかける。船が沈《しず》められたとき、死体が浮《う》かびあがってこないようにするためだ。イギリス軍の潜水艦《せんすいかん》が魚雷《ぎょらい》を発射《はっしゃ》しようと、リムフィヨルド川の河口から沖《おき》のほうに待ちかまえているのだ。わたしたちは、ギマという緑色の魚は食べないようにしていた。というのは、ギマが緑なのは、おぼれ死んだドイツ軍兵士の緑の軍服のせいだといわれていたからだ。

わたしたちはしょっちゅう波止場にいっては、自転車にまたがったまま、ハンドルの上

リムフィヨルドの上を飛ぶドイツ軍飛行機

にひじをのせて腕《うで》組《ぐ》みをして目をこらしていた。船に乗りこむドイツ兵が不注意においてある銃《じゅう》をタカのようにさがしていたのだ。ときどき、兵士が銃《じゅう》を地面においたままにすることがあった。それも、こちらから手をのばせばとどきそうなところだったりする。わたしたちは、パンくずをかすめとるカモメのように銃《じゅう》をひったくって逃《に》げた。海軍の士官がいつも手をふりあげて、出ていけとさけんでいたが、一度も銃《じゅう》を向けることはなかった。わたしたちは全速力で逃《に》げて、そのうちまたもどってきた。

　武器を手に入れることに集中することにしたため、仕事はやりやすくなった。目的がはっきりしたからだ。わたしたちは以前にもまして大胆《だいたん》になった。ある日、仲間の数人がドイツ軍士官の車がダウンタウンの通りのまん中でエンストするのを目にした。いらいらした士官が飛びだしてきて、車の前にいき、エンジンをかけようとクランクを回した。それをみていたバアウは車の開いているドアまで走っていくと、中のフックにかけてあった銃剣《じゅうけん》をつかんで、歩き去った。

わたしたちは小さな武器だけではなく、大きな武器もねらっていた。ある晩《ばん》、仲間数人と自転車でリムフィヨルド橋を、となり町ナアアソンビューに向かっていた。高射砲《こうしゃほう》を使えなくするのが目的だった。高射砲《こうしゃほう》はどうどうと、波止場の堤防《ていぼう》の上におかれていた。そのごつくて長い砲身《ほうしん》はいつも空に向かっていて、どこからでもみえた。ところが、そんなにえらそうにおいてあるくせに、夜間の警備はまったくなかった。わたしたちの作戦は、高射砲《こうしゃほう》を箱形の土台からはずして、川縁まで運び、リムフィヨルド川に放りこむことだった。

わたしたちが高射砲《こうしゃほう》を土台からはずして、その重さを快《こころよ》く感じていたとき、見張りの仲間が口笛をふいた。わたしたちは怪物《かいぶつ》みたいな砲《ほう》を落として、逃《に》げた。見張りが危険だと思って知らせたのは、自転車に乗ったデンマーク人だった。わたしたちは、そんなことで口笛をふくんじゃないと見張りに文句をいってから、土台のところにもどり、また高射《こうしゃ》砲《ほう》を持ちあげた。そしてよろよろしながら川縁《かわぶち》まで半分というところにさしかかったとき、また口笛がきこえた。今度はドイツ軍の番兵だった。背嚢《はいのう》からライフルの先がつきでているのがみえた。番兵は注意深く巡回《じゅんかい》をしているところだ。しょうがない、ここまでだ。

わたしたちは高射砲《こうしゃほう》をおいて、自転車まで走った。番兵に向かって大声でののしり、鉄梃《かなてこ》や金づちでドイツ軍の建物の窓をたたき割った。もちろん、番兵は物音に気づいて、追いかけてきた。みると、すごくでかい！　わたしたちは必死に逃《に》げた。自転車は捨てた。番兵は「止まれ」とどなり、空に向けて何発か撃《う》った。

その晩《ばん》、わたしたちはナアアソンビューにとどまることにした。橋を渡るのは危険だと思ったからだ。次の日の朝、わたしたちはこっそり自転車をとりにもどった。

●　●　●

一九四二年三月下旬、少年たちは手に入れたライフルのために、数百発の弾薬筒《だんやくとう》を手に入れた。駅にとまっていた貨物トラックから盗《ぬす》んできたものだった。駅は武器や弾薬《だんやく》をさがすにはもってこいの場所だったのだ。彼らは不注意な車や、窓の開いた兵舎からピストルや銃剣《じゅうけん》を盗《ぬす》みつづけた。

〈クヌーズ・ピーダスン〉　レストランは格好の盗《ぬす》み場所だったね。ドイツ兵がオルボー

クリスティーネ。ドイツ軍将校がよく集ったオルボーのカフェ。

のダウンタウンをわが物顔に歩きまわっていて、まさに占領《せんりょう》していた。軍靴《ぐんか》をはいて、ヘルメットをかぶって、しっかり武装して、ふつうのデンマーク人といっしょに肉や野菜や、ワインやタバコを買っていく。小さい店で連中がいると居心地が悪いし、武装した兵士が列に割りこんでくるのに文句をいうのはこわい。ドイツ軍に物を売る連中は、あちこちで裏切り者よばわりされていた。しかし、連中は平気だった。なにしろもうかるんだから。

ドイツ人たちはデンマークの居酒屋やレストランが大好きだった。デンマークはお菓子《かし》やパンが有名で、ドイツ軍将校たちはすぐにクリスティーネというお菓子《かし》も出すカフェをみつけた。オルボーでいちばんのカフェだ。クリスティーネは、ふんわりして口ざわりのいいホイップクリームののったケーキで街中に知られていた。ドイツ軍将校たちは店に入ると、帽子《ぼうし》をぬぎ、コートと武器をクロークルームのラックにかけ、すわり心地のいい赤いソファに腰《こし》かけて待つ。そのうち、テーブルに呼ばれると、クッションのついた背の高い木の椅子《いす》にすわり、注文をして、やわらかいリネンのナプキンをひざにかける。東部戦線とは天国と地獄《じごく》のちがいだ。

ある晩《ばん》、わたしは仲間たちと四人でクリスティーネの入り口の受付の前を通った。数段の階段をあがって、店の無防備なクロークルームに入った。ラックには上等のウールのコートがたくさんかけてあって、袖《そで》がつきでている。その上の棚《たな》には帽子《ぼうし》がおいてある。司令官の使うホルスターベルトもフックにかけてある。わたしたちは、そのホルスターベルトにルガー（ドイツ製の自動拳銃《けんじゅう》）か何かが入ったままになっていないか、期待に胸《むね》をはずませてさがしてみた。ふたりひと組になって、クロークルームの両側から、できるだけ手早く厚いウールのコートをさわっていった。ときどきホルスターがあったが、空《から》っぽだった。

チャンスはなかなかやってこない。ほかのふたりが仕事を終えて、外に出たとき、わたしの手が黒光りするピストルに触《ふ》れた。ピストルを両手に持っていじっていると、だれかがコートの袖《そで》をかきわけるようにしてこちらにやってくるのに気がついた。わたしはピストルをポケットにすべりこませると、礼儀正しくほほえんで、軽く頭を下げ、ドイツ人将校の前を通りすぎた。そして相手が何とも思わないうちに、外に出ていった。

すぐにチャーチルクラブの三人にかこまれた。

「どうしたんだ？」

「うん、これ」わたしはいった。

ひとりひとり、わたしのポケットに手をつっこんで、すごい戦利品にさわった。修道院にもどると、わたしは黒光りするルガーと、弾《たま》の入った二個の弾倉《だんそう》をテーブルの上においた。

●　●　●

チャーチルクラブの最も輝《かがや》かしい勝利は、幸運と忍耐《にんたい》のたまものだった。ある日の午後、少年たちは自転車で港のほうに出かけた。ドイツ兵がふたり監視塔《かんしとう》に立って双眼鏡《そうがんきょう》で湾《わん》をながめている。その五十メートルくらい後ろにある兵舎の窓がふたつ開いていた。

クヌーズは自転車でふたりの後ろを通って、兵舎のほうまでいってみた。すると簡易《かんい》ベッドの上に短機関銃《たんきかんじゅう》があるのがはっきりみえた。チャーチルクラブにはまだこの手の銃《じゅう》器《き》がない。これが手に入れば、新たな展望が開ける。それは多くの点で、ライフルを盗《ぬす》むのと同じだったが、大きなちがいがあった。

〈クヌーズ・ピーダスン〉　遠くからみただけで、短機関銃《たんきかんじゅう》はごつくて重くて、とても自転車で運べそうにないことがわかった。それに監視塔《かんしとう》のふたりの兵士が近すぎて危険だ。ただ、ふたりの姿はよくみえた。

わたしはバアウと修道院までもどり、三輪の自転車をもってきた。後ろにカートがついている。わたしたちは港までやってくると、三輪の自転車をできるだけ兵舎の近くにとめた。それからわたしが開いている窓からしのびこみ、ずっしり重い短機関銃《たんきかんじゅう》をバアウに渡した。

わたしは窓から出ようとして、部屋に大小ふたつのキャンバス地の袋《ふくろ》があるのに気がついた。大きいほうには弾薬《だんやく》が入っていると思い、それもバアウに渡した。それからふたりで逃《に》げだした。丘のふもとまでやってきたところで、三輪の自転車が障害物にぶつかって、短機関銃《たんきかんじゅう》が道路に転がった。わたしたちはぞっとして、後ろをみた。しかし兵士たちは湾《わん》のほうをみていた。

わたしたちは短機関銃《たんきかんじゅう》を近くにあったボーイスカウトの小屋まで運び、袋《ふくろ》の中身を出してみた。短機関銃《たんきかんじゅう》はじつに立派で、弾《たま》もたくさんあった。ただ、ひとつ問題があった。弾《だん》

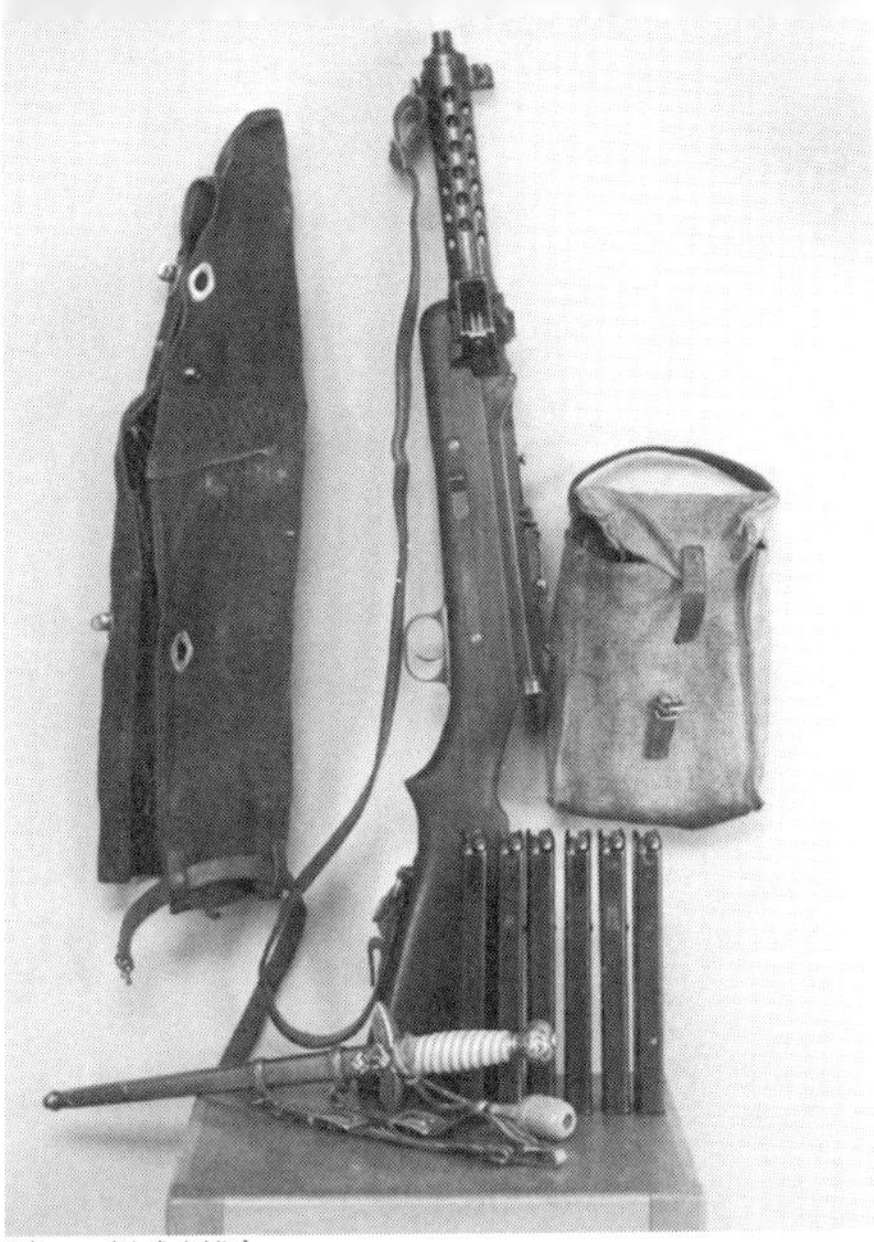

盗《ぬす》んだ短機関銃《たんきかんじゅう》

倉《そう》がない。自動的に弾《たま》を送る弾倉《だんそう》がないのだ。これがなければ、短機関銃《たんきかんじゅう》は何の役にも立たない。

　放課後の集まりでは、大爆笑《だいばくしょう》だった。

「ふたりとも、さすがだよ。レジスタンスのお手本!」

「これがほしかったんだよな。弾《たま》の山!」

　しかしこんなことがあったせいで、ふたたび、わたしたちは現実と向き合うことになった。だれひとり武器をあつかった経験がないのだ。ほとんどだれも、弾倉《だんそう》がどんなものなのかも知らない。ただ、弾倉《だんそう》をとりにもどるのが危険だということはわかっていた。連中はきっと短機関銃《たんきかんじゅう》を盗《ぬす》んだ犯人をさがしている。これをいい経験にするしかない。

　ところがわたしはがまんできず、次の日、

また出かけていって、もうひとつの袋もいただいてきた。中には弾倉《だんそう》が入っていた。それから、前の日には部屋になかったコーヒーカップと、Krautkasten と書かれた箱をもらってきた。Krautkasten は、ドイツ語で「火薬」という意味だと思ったのだ。

わたしは修道院に帰って、わくわくしながら、その箱のふたを開けてみた。中に入っていたのはよごれた下着だった。Krautkasten というのはその部屋で寝起《ねお》きしていた兵士の名前だったらしい。

● ● ●

一九四二年四月中ごろ、チャーチルクラブの武器庫にはナイフ、銃剣《じゅうけん》、ピストル、ライフル、そしてもちろん短機関銃《たんきかんじゅう》もあった。彼らは兵士としての訓練も受けていないうえに、たよれる人もいなかった。自分たちで射撃《しゃげき》の訓練にはげむしかなかった。

〈**クヌーズ・ピーダスン**〉 毎週、日曜日の朝、わたしは兄といっしょに射撃《しゃげき》の練習をした。場所は修道院の最上階にあるでっかいふきぬけの部屋だ。父がミサをとり行っているときが練習時間だった。

兄とわたしは腹ばいになって、じっと待っていた。そしてオルガンの音がひびきだすと、引き金を引いた。部屋のいちばん奥につんだほし草の上にならべた的《まと》をねらった。短機関銃《たんきかんじゅう》はドイツの有名な銃《じゅう》の技師、フーゴ・シュマイサーが開発したものだった。ドイツ軍はこれを使って、大戦中、罪のない人を何千と殺した。この短機関銃《たんきかんじゅう》には三脚《さんきゃく》がついていた。一度に一発ずつしか撃《う》てないようにすることもできて、これはとても便利だった。というのも賛美歌はいきなり弱くなったり、終わったりすることがあるからだ。

武器はいじっていてあきることがなかった。だれかの部屋でふざけているとき、何度か銃《じゅう》が暴発《ぼうはつ》したことがあった。仲間のひとりかふたりが死んでいたかもしれない。

アイギルは実際、ズボンに穴を開けたことがある。ある日の午後、兄の部屋でのことだ。さいわい、弾《たま》は脚《あし》にはあたらなかったし、うちの家族も外出していたので銃声《じゅうせい》もきかれずにすんだ。

四月の終わりには、銃器《じゅうき》が二十丁、弾《たま》が四百三十二発あった。弾《たま》は仲間でわけることにして、わたしは百十二発もらった。みんな、外に活動に出るときはいつもポケットにピストルを入れていったが、夕方もどると修道院にしまった。大きなルールのひとつは、決して学校には武器を持っていかない、というものだった。

万が一、ドイツ軍の武器を持っているところを警官につかまったら、すべておしまいだ。そのうち、武器や弾丸《だんがん》を一か所にかくしておくのが危険に思えてきた。そこでわけることにした。一部を修道院にかくして、残りを遠くはなれたところにかくすことにしたんだ。ヘリェ・ミロがナアアソンビューの郊外《こうがい》に住んでいたので、家の庭に少しかくしてもいいといってくれた。いいアイデアだが、問題があった。リムフィヨルド橋を渡らなくてはならない。橋の両側には歩哨《ほしょう》がいる。一か月ほど前に、空港のフクス建築会社を襲撃《しゅうげき》したときに渡った橋だ。

ほかに、それ以上のアイデアは出なかった。そこである晩《ばん》、わたしたちは修道院の武器をヘリェに持たせた。上半身にピストルを何丁かテープではりつけて、服には弾丸《だんがん》をつめこんだ。作業を終えると、少し下がってヘリェをみた。ズボンの上からライフルの形がわかる。短機関銃《たんきかんじゅう》はボタンをとめた上着の下だ。そのせいで、自転車に乗ると、ハンドルにおおいかぶさるようになってしまった。火薬は荷台につんだコートの下の箱にかくしてある。わたしたちには、せいぜいこれくらいしかできなかった。チャーチルクラブのメンバーを三人ずつ、橋の両側に配置しておいた。

わたしたちは不安な気持ちで、修道院からヘリェをおしだした。みていると、ヘリェは橋のほうに向かって、ふらふらと自転車をこぎだした。まるで自転車の乗り方を習っている子どもみたいだ。ときどき、自転車からおり、ライフルでつっぱった脚《あし》でしばらく歩かなくてはならない所もあった。また自転車に乗るのがひと苦労だった。みていてひやひやした。警備のきびしい橋に着いたら、いったいどうなるんだろう？　身分証明書をみせろといわれたり、身体検査をされたら？

それでもヘリェは最初のチェックポイントを通過した。ナアアソンビュー側で待機していた仲間が、ハンドルにおおいかぶさるようにして、脚《あし》をつっぱらせたヘリェをみて笑った。しかし、笑い声はすぐにやんだ。彼らも、これがどんなに危険で、重要なことかわかったのだ。

リムフィヨルド橋の両側で待機していた三人組がそろって息をつめて見守るなか、苦労して手に入れた武器を持ったヘリェがよろよろ自転車をこいでいって、向こう側の検問所で止まり、歩哨《ほしょう》にいっていいと、手をふってもらった。こうしてヘリェは見事、やりとげたのだ。

聖霊《せいれい》修道院の部屋にちらかっていた画材を描いたクヌーズの絵

8
ある晩《ばん》、ひとりで

〈**クヌーズ・ピーダスン**〉　ある晩《ばん》、とりわけそうぞうしかったチャーチルクラブの集まりのあと、わたしはドアを閉めて部屋に閉じこもって、頭を冷やそうとした。いつもおどろくのだが、メンバーの最後のひとりが出ていってドアを閉めた瞬間《しゅんかん》、あれほどうるさかった修道院がしんとしずまりかえる。

わたしは両手をこすってあたためた。デンマークは石炭不足で、部屋は寒かった。

まわりをみると、部屋というよりは絵描きの仕事場みたいだ。すみにはキャンバスが重ねてあって、床《ゆか》のあちこちにスケッチがちらばっている。かたむいていないところには、にごった水の入った水差しがおいてあって、絵筆がつっこんである。仲間がスポーツをするように、わたしは絵を描いていた。風景画、肖像画《しょうぞうが》、抽象画《ちゅうしょうが》が壁《かべ》ばかりか窓のカーテンにまではってある。机の上に描きかけの風景画が一枚あった。そのとき、まだ仕上げていないのに気がついた。

両親は兄の進学のために貯金をしていた。兄は一家の期待を一身に背負って、カレッジに進学するつもりだった。両親がその準備をするのは当然だ。なにしろ兄は司教座聖堂《しきょうざせいどう》学校で、数学の成績がいちばんだった。しかし両親はわたしのことも考えてくれていた。一家でオルボーに引っ越《こ》してきたとき、街の画材屋に話をして、わたしがつけで買い物ができるようにしてくれたのだ。だから絵筆やイーゼルや絵の具を好きなだけ買えた。その結果、自分の小さな部屋を歩くたびに、靴《くつ》でキャンバスをやぶったり、水差しをひっくり返したりすることになった。

しかしその晩《ばん》は、絵を描く気になれなかった。考えることがたくさんあったからだ。あらゆるものに戦争が影《かげ》を落としていた。窓のカーテンを開けると、ブードルフィ広場にドイツ軍の車がならんでいる。その列が日に日に長くなっていく。やがて輸送船でノルウェーに運ばれたり、北海を横断したりするんだろうか？　あれはイギリス侵攻《しんこう》のための準備なんじゃないか？　わたしは目をこらして、郵便局を警備しているドイツ兵をみた。ほかのふたりといっしょに三交代で番をしている兵士のひとりだ。外をのぞくたびに、三人のうちのひとりが目に入る。

わたしは想像してみた。もしドイツが勝ったら、自分の人生はどうなるんだろう？　もしヒトラーの思いどおりになったら、デンマークはドイツ帝国《ていこく》の一員となって、世界を支配する民族の一員となって、負けた国々の国民を自分たちにつかえる奴隷《どれい》にしてしまうんだろうか。もしあの冷酷《れいこく》なナチスが勝利したら、チャーチルクラブのメンバーや、それに似た活動をしているみんなは、さらにひそかに活動をしなくてはならなくなるだろう。だれかが、希望の火を絶やさないようにしなくちゃいけない。戦争が終わっても、占領《せんりょう》された国で戦いつづけなくちゃいけない。

わたしはこんなことを話せる相手がほしかった。兄がいるし、兄はこの活動の危険をよく知っている。ただ、そういうことを話し合う相手ではなかった。わたしたちは、あらゆることで張り合っていたからだ。それもばかばかしいようなことまで。

たとえばオーゼンセにいたときは、ふたりでアメリカの女優ディアナ・ダービンに夢中になった。ブロマイドが一枚しかなかったので、半分にやぶって一枚ずつ持つことにした。どちらかが独占《どくせん》するとまずいと思ったからだ。蓄音機《ちくおんき》も同じようにした。本体とは別にゼンマイを巻くハンドルがあって、レコードをかけるときには、それをつけて回さなくてはならない。わたしはディアナ・ダービンの歌のレコードを手にとると、兄はハンドルをつ

ディアナ・ダービン

かんだ。ふたりがいっしょにいるときでないと、そのレコードはきけないのだ。ふたりとも、ひとりできききたかったのはいうまでもない。

バアウはユーモアのセンスは抜群《ばつぐん》だが、年下だし、学校もちがう。わたしはチャーチルクラブのほかのメンバーと同学年だったものの、それほど親しくはなかった。メンバーはみんな、デンマークの国民を目ざめさせようという熱い気持ちで団結していて、それだけで十分だったのだ。

というか、わたしは自分の気持ちを、だれか特別な相手に打ち明けたかったのだ。同じ九年生に、ゲレーデ・ラアベクという女の子がいた。背が高く、ブロンドで、化粧《けしょう》はしていなかったが、そのままで美しく、笑うととてもかわいかった。同学年だったが、授業でいっしょになることはなかった。というのは、彼女はいちばん上のレベルで、わたしはBレベルだったからだ。それまでで言葉を交わせるくらい近づいたのは、ある魔法《まほう》のような日のこと、教室をうつる途中、校庭の通路で出会ったときだった。彼女はサンドイッチの入った箱を持っていて、立ち止まると、わたしにひとつ差しだしてくれたのだ。わたしはひと言も口がきけなかった。それどころか、頭の中がパニックで、その日はそのまま学校から帰ってしまった。歩いてうちにもどると、父の執務室《しつむしつ》のソファに横になった。母は何もきかず、熱い紅茶を持ってきて、そばにいてくれた。

わたしは女の子のことにかけては引っこみ思案だったが、ふたりを主人公にした想像の中では英雄だった。たとえば、ブードルフィ広場が舞台の想像はこんな感じだ。

チャーチルクラブのメンバーが教会の塔《とう》の最上階にいて、迫撃砲《はくげきほう》と爆弾《ばくだん》で下の広場を攻撃《こうげき》している。ドイツ軍の車が燃えあがり、炎《ほのお》がほかの車に燃えうつっていくさまが、次々にさく裂《れつ》するしかけ花火のようだ。攻撃《こうげき》が最高潮《さいこうちょう》に達したとき、わたしが小型のオープンカーに乗って広場に突入《とつにゅう》。片足をシートにおいて立ちあがると、あいているほうの手ににぎったピストルを大きくふる。広場は火の海だ。爆弾《ばくだん》が破裂《はれつ》し、エンジンが火をふき、あたりがまぶしいほどに明るい。かげから火に照らされたおびえた顔がのぞく。弾丸《だんがん》が飛び交う中、わたしは車を走らせる。

とつぜん、広場の建物の屋上から悲鳴がひびく。そちらを見ると、ゲレーデだ。目を大きく見開き、かわいい手を口にあてている。ほっそりした姿が燃えさかる火に照らされて浮《う》かびあがっている。わたしとゲレーデの目が合い、おたがいの気持ちを伝え合う。次の瞬間《しゅんかん》、彼女の姿がみえなくなる。

そのころは、こんな空想がひっきりなしに頭に浮《う》かんでは、あまりのばかばかしさに、すぐに消えていった。悲しいことに、わたしはそれまで一度も女の子とまともな話をしたことがなかったのだ。妹のゲアトルズとも。

司教座聖堂《しきょうざせいどう》学校にきたときも、女の子の目を引こうとして、よくけんかをした。オーゼンセの前の学校ではそうやってまわりに認められたからだ。その学校は男子校で、何でも拳《こぶし》でかたをつけていた。場所は、学校の裏にある、カール・フレズレク・ティトゲンという実業家の銅像《どうぞう》の前だった。司教座聖堂《しきょうざせいどう》学校では、だれかをなぐりたおすと、女の子たちは逃《に》げていく。みんなこわがってばかりで、ちっとも感心してくれない。そのうちだれかが教えてくれた。女の子にもてたかったら、ドアを開けてやる、列にならんでいるときは自分の前に入れてやる、コートをぬぐのを手伝ってやる、というのが効果的らしい。ただ、司教座聖堂《しきょうざせいどう》学校にやってきて一学期が終わった段階では、まったくその効果はなかった。

女の子にキスをするには何光年も先までいかなくてはならないような感じで、水平線の彼方《かなた》に目をこらしても、女の子の影《かげ》さえみえなかった。

ほかにも考えることはたくさんあった。チャーチルクラブの仲間は勇敢《ゆうかん》だが、未熟《みじゅく》で訓練もまともに受けていない。数日前、スケートリンクで、兄がドイツ兵の後ろにすべっていって、脚《あし》をけ飛ばした。兵士は痛さに大声でさけぶと、兄を追いつめて、警察署に連れていった。この事件で、兄の名はナチスに反抗《はんこう》したとしてブラックリストにのることになった。最も避《さ》けなければならないことだ。

ヘリェがリムフィヨルド橋を渡って、武器を庭にかくすのに成功したのも、信じられないほどの幸運に恵まれたからだ。わたしたちは危険なことをやりすぎていた。あと一歩でおしまいという経験は何度もあった。たとえば、窓掃除《まどそうじ》をしていたドイツ兵がこちらをふり向いて、わたしがライフルを持って逃《に》げようとするところをみたとする。わたしはドイツ兵を撃《う》ち殺しただろうか？　そもそもわたしは撃《う》ち方を知らない。それにあのときライフルに弾《たま》がこめてあっただろうか？　もし通りにいた女の人が大声で警官を呼んでいたら、どうなっていただろう？　もしあのカフェで、わたしがクロークルームから出ていくとき、ドイツ軍将校に道をふさがれたら、どうなっていただろう？

しかし、部屋で落ち着こうとしているとき、不安なことが大見出しで次々に頭に浮《う》かんできた。アイギルの姉がオルボー警察署で秘書をしていた。彼女はわれわれのことを知っている唯一《ゆいいつ》の部外者で、警察の情報を入手してくれるという意味で、とてもありがたかった。ただ、今回の知らせはありがたいものではなかった。ドイツ軍の司令官からデンマーク警察に最後通牒《つうちょう》がつきつけられたというのだ。ドイツ軍のものを破損《はそん》したり、ドイツ軍の武器を盗《ぬす》んだりしている者をつきとめて逮捕《たいほ》するように、もしそれができないのであれば、ドイツ軍で調べあげて、重罪に処《しょ》するというものだった。もしこの状態が続くようであれば、ドイツの悪名高い秘密国家警察、ゲシュタポがオルボー警察にかわって乗りだすことになるという。

アイギルの姉によれば、すでに腕利《うでき》きの捜査官《そうさかん》がふたりコペンハーゲンから送られ、捜《そう》査《さ》を進めているらしい。ホレル・カフェ——わたしたちがドイツ軍のピストルを失敬《しっけい》した所——での目撃者《もくげきしゃ》と、港でわれわれが武器を盗《ぬす》むのを目撃《もくげき》したふたりの漁師の情報をもとに、捜査官《そうさかん》が司教座聖堂《しきょうざせいどう》学校に目をつけているらしい。

「お願いだから、もうやめて」アイギルの姉がいった。「おとなしくしてて」

アイギルと姉は身の危険を感じていた。というのは、ふたりはチャーチルクラブのほかのメンバーとちがって、ユダヤ人だったのだ。アイギルがおそれていたのは、逮捕《たいほ》されると、家族全員がナチスにとらえられて、殺されるのではないかということだった。ひと晩《ばん》のうちに、アイギルは毎日われわれの背中をおす熱心なメンバーから、活動停止《ていし》をたのむ側にまわった。神経がすり切れそうになって、いても立ってもいられない気持ちだったのだと思う。

わたしとしては、おとなしくしているのは、絶対にいやだった。ノルウェーの人々はいまも戦ったり殺されたりしているのに、デンマーク人はフォークソングを歌ったり、国王のバッジを買ったりしているだけだ。そして国土は占領《せんりょう》されたままだ。ドイツ軍は日に日に、オルボーの街になじんでいくようにみえた。もし逮捕《たいほ》されるなら、空想の中の英雄のように戦って逮捕《たいほ》されたいと思った。

修道院の自分の部屋にある小さなストーブの火がちらちらしていた。窓の外では、いつものドイツ兵がロボットのようにいったりきたりしている。集会が終わって何時間もたってから、やっとわたしは眠《ねむ》りについた。

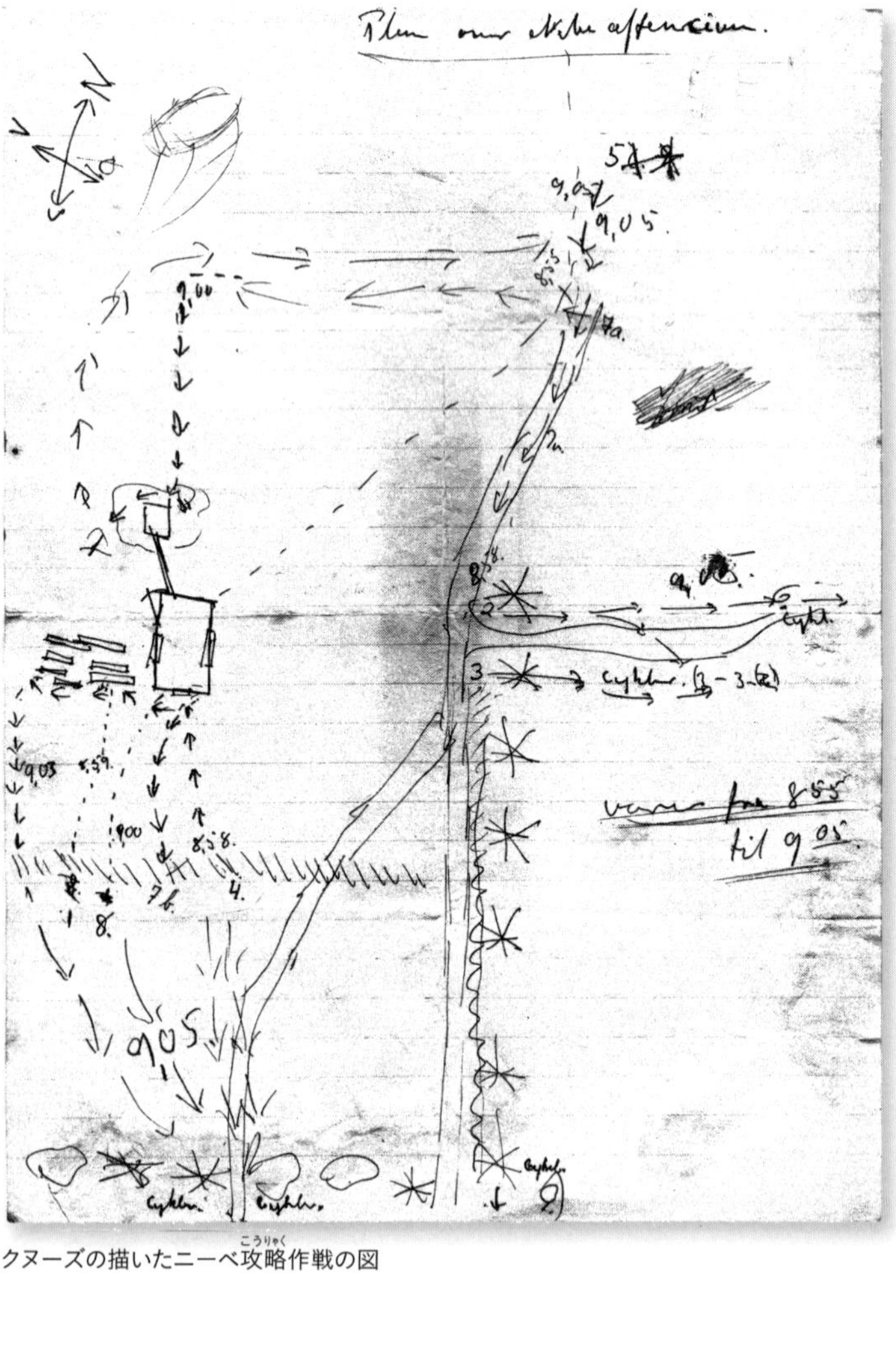

クヌーズの描いたニーベ攻略《こうりゃく》作戦の図

9
ニーベ攻略《こうりゃく》作戦

一九四二年五月初め、バアウはメンバーには何もいわず、チャーチルクラブに新しい仲間をひとりさそった。自分のクラブを作ろうと思ったのかもしれないが、理由はよくわからない。

相手は、バアウのいるオルボー郊外《こうがい》の小さな町ニーベに住んでいた。まだ十三歳の少年だ。バアウはその子に青いペンキを持たせて、クラブのマーク――ナチスへの反抗《はんこう》を表す、先に矢印のついた【逆卍《ぎゃくまんじ》】――を町中に描いてくるようにいった。ところがニーベはこぢんまりまとまった町で、町民全員がたがいの名前と顔を知っていた。その子はすぐに警察につかまって、頭をなぐられ、そんな子どもじみた反抗《はんこう》はやめるように警告された。警官はその子にワイヤブラシと洗剤《せんざい》の入ったバケツを持たせて、よごした壁《かべ》をきれいにしてこいといった。

その子は青いマークをワイヤブラシで消しているうちに、だんだん腹が立ってきた。そして仕事を終えるころ、あることを思いついた。そしてバアウに、ドイツ軍の監視塔《かんしとう》が遠くにあることを教えた。監視塔《かんしとう》はニーベの町の郊外《こうがい》の砂丘《さきゅう》に立っていて、武器を持った兵士がいる。サーチライトが設置されていて、北海の沖《おき》を照《て》らし、イギリスの方向を示している。監視塔《かんしとう》につめているドイツ兵は三人で、近くの兵舎で寝泊《ねと》まりしている。

警官にしかられて頭にきた少年はチャーチルクラブの武器を使って、そこにいるドイツ兵を襲《おそ》おうと提案《ていあん》した。その子は、ニーベ攻略《こうりゃく》作戦――その子の命名――を実行して、世間に、子どもはどちらか、本気になっているのはどちらか教えてやろうといった。

バアウはその作戦が気に入って、オルボーにくると、チャーチルクラブのほかの仲間にその提案《ていあん》を伝えた。

〈**クヌーズ・ピーダスン**〉　メンバーはその話をきいて憤慨《ふんがい》した。そして仲間に何もいわないでメンバーを増やそうとしたことでバアウを責《せ》めた。
「いったい、何を考えていたんだ?!」

1940年、ドイツ軍の高射砲陣地《こうしゃほうじんち》。手前に畑を耕すデンマーク人農夫がいる。

そして怒《いか》りがさめると、冷静になって、ニーベのドイツ兵を襲《おそ》うという提案《ていあん》について検討《けんとう》を始めた。チャーチルクラブで、武器で人を襲《おそ》うことについて考えたのはこれが初めてではない。数週間前、あるメンバーが、ドイツ軍の歩哨《ほしょう》を後ろからナイフで刺《さ》し殺してはどうかと提案《ていあん》したことがある。しかし、それは大反対にあった。卑怯《ひきょう》なことはしないという、クラブのモットーに反するからだ。敵にもチャンスをあたえるべきだ。

そしてバアウの提案《ていあん》も、奇襲《きしゅう》をかけるという意味では、似たようなものだ。そしてクラブのもうひとつのモットーにも反する。それは、個人的なうらみで人を殺してはいけないというものだ。しかし、一方、クラブの大きな使命は、わが国を支配しているドイツ軍を弱体化させることだ。なら、ドイツ兵を殺すのが手っとり早い。そのうえ、こちらには武器がある。武器を使うのか、それともヘリェの家の庭や修道院の中でさびるがままにして、イギリス軍がやってきてわれわれを解放してくれるのを待つのか。

ニーベ攻略《こうりゃく》を支持する声が多数上がって、行動にうつすことになった。わたしはバアウが作戦を立てるのを手伝ったが、参加はしなかった。もともと乗り気ではなかったし、そもそも作戦を実行する日の夜に、オルボーの鉄道操車場《そうしゃじょう》を攻撃《こうげき》する計画があったのだ。それは本格的な攻撃《こうげき》で、新しい武器を使うことになっていた。わたしはバアウに、こっちの作戦のほうが、自転車でニーベまでいって、どこかのガキのうさ晴らしにドイツ兵を撃《う》ち殺すよりずっと重要だと話した。しかしバアウの心は決まっていた。わたしもバアウを説得するのは時間のむだだと思った。

●　●　●

その後、クヌーズがきいたところによれば、バアウは仲間をふたり連れて出発したらしい。ひとりは例の少年で、もうひとりはこの作戦に参加したいと思ったチャーチルクラブのメンバーだ。

三人はヘリェの家の庭までいくと短機関銃《たんきかんじゅう》とピストル二丁をほりだして、また自転車に乗った。

三人は午後、早い時間にニーベに着いた。近くのボーイスカウトの小屋に武器をかくしてから、下調べのために砂丘《さきゅう》を歩いてまわった。もう午後遅《おそ》くになっていた。それから丘をのぼってドイツ軍の兵舎のほうにいってみた。

するといきなり兵舎のドアが内側からけり開けられ、ドイツ兵がひとり出てきた。折り目のついた軍服は着ていなくて、ワイシャツにサスペンダーという格好でパイプをふかしている。それからすぐに仲間も外に出てきた。三人の兵士はきげんよくバアウたちに敬礼して、あいさつをして、こっちにこいと手招きをした。そして日差しの下で、楽しそうに話しかけてきた。こんなへんぴなところでは、ろくに話し相手がいない。兵士たちはバアウたちに会えてうれしかったのだ。ドイツにいる孫《まご》のこともしゃべったらしい。

話しているうちに、バアウたちは、彼らがヒトラーのドイツ国防軍の兵士とは思えなくなってきた。そして小屋までもどってきたとき、バアウはどうしていいかわからなくなっていた。なんで、あのじいさんたちを殺さなくちゃいけないんだ？　自分は本当にこの作戦を実行したいのか？　しかし自分たちは、あの三人のドイツ兵を殺すという使命をおびてきた。それはチャーチルクラブで認められ、自分たちはそれを実行する義務がある。使命は使命だ。

暗くなってくると、バアウたちは武器を、草の生えた丘の下に流れている排水溝《はいすいこう》まで運んでいった。丘の上にはドイツ軍の兵舎がある。三人は横にならんだ。短機関銃《たんきかんじゅう》を持ったバアウがまん中で先頭。その両わきを、少し下がってピストルを持ったふたりが固める。予定では、草の中をはうようにして丘をのぼっていき、兵舎のすぐそばまでいってひと休みして、タイミングを計って、ドアから突撃《とつげき》して、発砲《はっぽう》することになっていた。

ぬれた草の中をはいながら、バアウは兵士の気持ちになろうとした。この使命は必要なことなんだと、自分にいいきかせた。一九四〇年四月九日がどんな意味を持っているのか、ドイツ人に教えてやるんだ。これが成功すれば、おとなしいデンマーク人を目ざめさせることができる。新聞の見出しが目に浮《う》かぶようだ。

「ドイツ兵、ドイツの銃器《じゅうき》によって、少年たちに射殺《しゃさつ》される！」

一歩近づくたびに、兵舎の中に一本だけ燃えているロウソクの火がゆれるのがみえる。あと三十メートル。まだ何の音もきこえてこない。バアウの両手がふるえている。そのとき、とつぜん、兵舎のドアが開いた。年老いた兵士がひとり、張り出し玄関に出てきて、あたりを見まわした。物音をききつけたのだろうか？

兵士はしばらく立っていたが、そのうちドアを閉めて、草の生えた砂丘《さきゅう》を歩いて監視塔《かんしとう》までいくと、はしごをのぼって、持ち場についた。ターゲットが二か所にわかれた。兵舎にふたり、監視塔《かんしとう》にひとり。三人とも自分たちより上にいる。バアウたちが使命をまっとうできる確率《かくりつ》がぐっと下がった。よく考えた攻撃《こうげき》作戦だったが、これでは自殺行為《こうい》だ。

三人の考えは銃撃《じゅうげき》から逃亡《とうぼう》に切りかわった。しばらくその場にじっとしていたが、何時間にも感じられた。草原にぴったりふせたままでいた。服はぐっしょりぬれて、寒く、おそろしかった。サーチライトのある監視塔《かんしとう》の上のドイツ兵はまちがいなくライフルを持っている。そのうち三人は草の中をじりじりと退却《たいきゃく》しはじめた。緊張《きんちょう》で全身がこわばっていた。排水溝《はいすいこう》までもどるのに三十分近くかかった。それから小屋まではってもどるのにはもっと時間がかかった。ようやく小屋の中にもどったときは、三人は言い合いを始め、おたがいを臆病者《おくびょうもの》とののしった。

バアウは疲《つか》れ切っていたうえに、はずかしくてたまらず、小屋を飛びだすと自転車に乗り、ふたりをおいてこぎだした。チャーチルクラブの仲間にニーベ攻略《こうりゃく》作戦が失敗したことを話すのはいやでたまらなかったが、それ以上に、オルボーでの作戦がどうなっているか気になってしょうがなかったのだ。

暗い田舎道《いなかみち》をバアウは約二十五キロ、自転車で飛ばした。なんとかオルボーの鉄道操作《そうしゃ》場《じょう》の襲撃《しゅうげき》作戦に間に合って、参加したかったのだ。なにしろ、これはチャーチルクラブが手がけたなかで、最も規模《きぼ》が大きく、最も大胆《だいたん》な作戦だったのだ。

チャーチルクラブの標的になった鉄道貨車。警察が撮影《さつえい》したもの。

10
砲弾《ほうだん》

鋲《びょう》を打った軍靴《ぐんか》の音がオルボーの通りにひびき、ドイツの輸送トラックのはき出す青白い排気《はいき》ガスが雲のように街の空をおおい、アイギルの姉は捜査官《そうさかん》の手がチャーチルクラブのすぐそこまできていると警告していた――が、まだ春だった。ようやくあたたかくなり、日が長く、太陽が明るく輝《かがや》くようになった。

司教座聖堂《しきょうざせいどう》学校の最上級生はあと数日で卒業式だ。ヘリェ、アイギル、クヌーズ、教授の四人は晴れて高校に進学する。ただしその前に最終試験をパスしなくてはならない。メンバーは破壊《はかい》活動を続けながら、試験にそなえてつめこみ勉強をしていた。

まわりの生徒たちはだれひとり、何が起こっているのか知らなかった。教師は生徒に、きみたちは経験をつみ、責任を持って行動することで成長するのだと教えていたが、まさにその通りのことを実行している生徒がいるとは思っていなかった。しかし、少なくとも数人の生徒はそうだった。

チャーチルクラブにとっていい知らせがあった。いきなりありがたい仲間が三人もできたのだ。それはウフェ・ダーゲトのおかげだった。ウフェは二、三日おきに夕方、自転車でダウンタウンまでいって、模型の飛行機を作るクラブの集まりに顔を出していた。ある夜、ウフェは飛行機のパーツをけずったり接着したりしながら、そこにきていた飛行機模型を作るのが趣味《しゅみ》のアルフ・ホウルベアに話しかけた。アルフと、アルフの兄のカイと、ふたりの共通の友人クヌーズ・ホアンボーは二十歳《はたち》を少しすぎたところだった。三人ともブラナスリウという近くの町の工場で働いていて、飛行機の模型作りが大好きだった。

模型を作りながら話すうちに、ウフェは思い切ってチャーチルクラブの活動をアルフに打ち明けた。アルフはおどろくどころか、おれたちは三人とも、この危機の中でぼーっとしてるデンマーク政府にうんざりしているんだ、といった。それだけでなく、三人は鉄道の駅から迫撃砲《はくげきほう》の砲弾《ほうだん》を六個盗《ぬす》んだのだが、どうやって使えばいいのかがわからない、チャーチルクラブで使えるか、といったのだ。

〈クヌーズ・ピーダスン〉　兄が、ウフェから二箱につめた重い砲弾《ほうだん》を受けとって、修道院まで運んだ。運搬はとても慎重に行なった。わたしは、迫撃砲《はくげきほう》の砲弾《ほうだん》については、ショックをあたえると爆発することくらいしか知らなかった。

わたしは兄に、そっとベッドの上におくようにいった。兄がうっかり箱をベッドの柱にぶつけたときは、ふたりとも心臓が止まりそうになった。ふたを開けてみると、中には鉄でできたボウリングのピンのような形の物が三個入っていて、針金のキャップがついていて、それには脂《あぶら》がぬってあった。いつものことだが、だれも使い方など知らない。そしていつものように、教えてくれる人もいなかった。

兄と教授がすぐに砲弾《ほうだん》を調べはじめた。場所は兄の部屋の上にある教授の研究室だ。最初、ふたりは砲弾《ほうだん》を分解して、中の火薬をとりだそうと考えたらしい。ところが、分解してみると、中に火薬は入っていないことがわかった。みょうな話だ。

わたしたちに考えられたのは、アルフたちが盗《ぬす》んだのは練習用の物だったから、火薬が入ってなかったのではないかということくらいだ。兄と教授は砲弾《ほうだん》の部品で実験を続けた。観察したり、くっつけたり、何度もひっくり返してみて何か起こらないかためしてみた。そして砲弾《ほうだん》の底の部分におもしろいものを発見した。七、八センチの金属の円盤《えんばん》で、ねじくぎでとめてある。みた感じが、なんとなく爆発物《ばくはつぶつ》のようだった。

円盤《えんばん》にマッチを近づけた瞬間《しゅんかん》、部屋の中に太陽を七個集めたような光がほとばしった！ふたりは大声でさけんだ。わたしたちは水を持ってかけこんだ。火を消し止めるのに一分以上かかった。すさまじいけむりの中で、ふたりの科学者は勝ち誇《ほこ》ったピエロのように、にやにやしていた。

ふたりは実験を続け、円盤《えんばん》が非常に燃えやすいマグネシウムでできていることをつき止めた。マッチで火をつけさえすれば、小型爆弾《ばくだん》になる。いま考えると、あんな実験を続けて、よく死ななかったものだと思う。兄と教授は自殺行為《こうい》としか思えない実験をすることにかけては、だれにも引けをとらなかった。しかし今回、ふたりは円盤《えんばん》を思いどおりに使う方法を考えだした。そしてついに教授は、実際に使える爆弾《ばくだん》を作ったのだ。

これは大きな一歩で、砲弾《ほうだん》のおかげで大きな夢がぐっと近づいた。爆弾《ばくだん》をしかけることができるようになったのだ。

まず二発は最後の目的のために使うことにした。わたしの窓からみえるブードルフィ広場の通りにとまっているドイツ軍の車を使い物にならなくしてやるのだ。ようやくそれを実行にうつす武器が手に入った。いつも想像していた、ピストルを連射《れんしゃ》しながら車で広場につっこんでいって、塔《とう》の上にいるゲレーデと目を合わせるという展開とはちょっとちがうが、少なくともナチスの連中に思い知らせてやることができる。ついに、われわれは大作戦を可能にする爆薬《ばくやく》を手に入れることができたのだ。

だが、まずは実際にためしてみる必要がある。

一九四二年五月二日、日が落ちて暗くなると、グループのうちの五人が自転車でオルボーの操車場《そうしゃじょう》までいった。そこはオルボーでのナチスの活動の中心になっている。屋根つき貨車でできた町のようだった。鉄鉱石《てっこうせき》をつんだコンテナもあれば、機械の部品やパーツをつんだコンテナもある。ほかに、急速に大きくなっていくオルボー空港に運ばれる材料をつんだものもある。操車場《そうしゃじょう》は投光照明《しょうめい》に照《て》らされて、機関車のうなりや、ドアを開け閉めする音や、線路を走る車輪のきしる音がひびいている。今夜の使命は、新爆弾《ばくだん》を使って貨車に火をつけ、中の物を使えなくすることだ。わたしたちは成果を大いに期待していた。

金網《かなあみ》のフェンスのまわりをふたりの武装した番兵がパトロールして、一般人を操車場《そうしゃじょう》に入れないようにしていた。フェンスの前には歩道があって、そこにメンバーをひとりおいて、見張りにした。必要なときには番兵に話しかけ、まずいことが起こったら金網《かなあみ》のフェンスを鳴らして知らせる役だ。ほかのメンバーはフェンスに穴を開けて操車場《そうしゃじょう》にしのびこむ。アルフとウフェが貨車の下にもぐりこんで、番兵にピストルでねらいをつけて待機する。わたしともうひとりが貨車に爆弾《ばくだん》をしかける。

フェンスをくぐるとき、予想外の問題が発生した。歩道の端《はし》でひと組のカップルがいちゃついていたのだ。その場からいなくなってほしい理由を説明しないで、ふたりをほかにうつすにはどうすればいいだろう。わたしたちは近づいていって、じろじろみつめて、ふたりのまねをしてみせた。ふたりはいまいましそうな顔でこちらをにらむと、人気《ひとけ》のないところをさがしていってしまった。

わたしたちはフェンスの金網《かなあみ》を切ってそれぞれの持ち場についた。ウフェは貨車の下にもぐってピストルの銃口《じゅうこう》を番兵に向けた。わたしはもうひとりのメンバーといっしょに、いい標的になりそうな貨車をさがした。車両の連なっている列車のまん中のほうに歩いていった。ドイツ兵が燃えている車両を引きはなすとしたら、先頭や最後尾の車両より、まん中の車両のほうが大変だろうと考えたからだ。

さびついた鉄のドアを引き開けると、きしる音が悲鳴のようにきこえた。目がなれると、あった！　中は飛行機の翼《つばさ》でいっぱいだ！　それだけじゃない。翼《つばさ》をどうやって機体にとりつけるかを図解した説明書もある。ナチスにとっては貴重な財産《ざいさん》で、標的にはもってこいだ。

わたしは説明書を集めて山にするとその上に、そっと砲弾《ほうだん》の円盤《えんばん》をのせた。それから開いているドアのところにいってマッチをすり、後ろにある紙の山に放り投げた。円盤《えんばん》に火がつくのが思ったより早く、貨車から飛びおりている最中に爆風《ばくふう》が背中を打った。着地したときには、紙も翼《つばさ》も燃えていた。いっしょにきた仲間も、となりの貨車で同じことをしていた。

わたしたちはいっしょに、体を低くしてフェンスのほうに走った。わたしは口笛をふいた。任務完了の合図だ。わたしたちはフェンスに開けた穴をくぐって外に出た。

ちょうどそのとき、バアウが息を切らせて、ニーベから自転車でもどってきた。ニーベ攻略《こうりゃく》作戦の失敗から数時間たっていたが、こちらの作戦の成功をながめるのにぎりぎり間に合った。わたしたちは暗がりにかくれて、その結果をながめていた。

サイレンが街中にひびきわたった。ドイツ軍の将校がわたしたちの前を、操車場《そうしゃじょう》のほうに走っていく。かけつけてきたデンマークの消防士とドイツ軍将校の間で、手をふりながらの激しい議論が始まった。最初、消防士は操車場《そうしゃじょう》に入るのを拒否した。ほかの貨車に火薬がつまれているのをおそれたのだ。しかし、ドイツ軍の将校はピストルをつきつけて、強制した。

デンマーク人の消防士は巻いてあったホースを引きだしたものの、動作はおどろくほどゆっくりだった。ときどき、水が流れだしたら、ホースの上を靴《くつ》でふんだりした。将校たちはピストルをみせて、早くしろとどなったが、消防士たちがわざと作業を遅《おく》らせているのはよくわかった。火事が広がって、ドイツ軍の武器や資材が燃えていくのを楽しんでいるのだ。

この瞬間《しゅんかん》は、わたしたちにとってとても重要なものとなった。デンマーク政府――消防士たち――がドイツ軍の命令に逆らっているのだ。わたしたちは長いこと活動を続けてきたが、このとき初めて、デンマーク市民を誇《ほこ》りに思った。

これまでこんなに大きな成果をあげたことはなかった。ドイツの軍備に多大な損害《そんがい》をあたえたのだ。これまで、これほど軍隊のような活動をしたことはなかった。わたしたちは十分に武装して、爆薬《ばくやく》を使って、作戦通りに動いた。わたしたちは満足感にひたってかげから、炎《ほのお》が夜の空をこがし、ドイツ兵があたふたしているのをながめていた。しかしこの先のことがわかっていたら、わたしたちはそこに立って、作戦の成功を喜んだりはしていなかっただろう。

とっくに、次の行動にうつっていたはずだ。

6発の迫撃砲弾《はくげきほうだん》をふくむチャーチルクラブの武器貯蔵品の一部

11
引き返さない

〈クヌーズ・ピーダスン〉 一九四二年五月の最初の一週間、メンバーは全員興奮《こうふん》していたのだが、不安もつのっていた。というのは、アイギルの姉から、公安警察がついに、オルボーの破壊《はかい》活動の中心が司教座聖堂《しきょうざせいどう》学校にあることをつきとめたという情報がきたからだ。

わたしたちはいく先々で、まわりを確認するようになった。実際にそうだったのか、ただの想像だったのかはわからないが、どこにいっても見張られているような気になってしかたがなかった。いつも足音がきこえているような気がした。わたしたちはおびえて、毎日を送るようになった。

ある日の午後、兄の部屋でついにその緊張感《きんちょうかん》がはじけて大騒動《おおそうどう》になった。アイギルが泣きながら、もうきっぱりやめようといいだしたのだ。そしてこの破壊《はかい》活動のせいで自分の家族が危険にさらされているとメンバーを責《せ》めた。ぼくの母はユダヤ人だ。ヒトラーは、なにがなんでもユダヤ人を抹殺《まっさつ》しようとしている。ぼくと同じ状況《じょうきょう》にいたら、きみたちだって同じように感じるはずだと、アイギルはいった。兄は同情して、アイギルを支持した。

一方、バアウとわたしは反対した。妥協《だきょう》するつもりはなかったからだ。だから、まだ何も変わっていないじゃないかといった。デンマークはいまでもペット犬のままだし、ドイツ人はブタのままだ。ノルウェーの人々はいまでも抵抗《ていこう》している。なら、われわれも抵抗《ていこう》するほかない。われわれは決して、引き返したりしない。もう、うんざりだ、ほら、ブードルフィ広場の郵便局の外にならんでいるナチスの車をみてみろよ。

窓の外では明るい色の小鳥がさえずり、花も満開だというのに、チャーチルクラブは部屋のなかで、その日の午後、分裂《ぶんれつ》してしまった。それも深刻で痛々《いたいた》しい分裂《ぶんれつ》だった。兄とわたしはなぐりあいになりそうになって、仲間に止められた。最後は、わたしとバアウが力まかせにドアを閉めて、部屋を飛びだした。兄とほかのメンバーはそこに残った。

●　●　●

五月六日の午後五時、オルボーのダウンタウンにあるホレル・カフェのウェイトレス、エルサ・オデスンはふたりの十代の少年がきびきびした足どりでレストランに入ってくるのをみかけた。ふたりはコートをあずけるクロークルームに向かったかと思うと、すぐに出ていった。何も注文しなかった。ミセス・オデスンはカフェの大きな窓から、ふたりが通りで話しているのをみた。

数分後、カフェで食事をしていたドイツ軍の将校が、ピストルがなくなっているのに気づいた。コートをあずけるクロークルームの棚《たな》にベルトとホルスターを——ピストルを中に入れたまま——おいてきたのだ。そして食事が終わってとりにいってみたところ、ホルスターが空《から》っぽだった。将校はカフェのスタッフを全員集めると、腹立たしそうにこのことを告げた。そしてその場にいたミセス・オデスンが、さっきクロークルームに入ってきたふたりの少年のことを思い出した。

ミセス・オデスンは警官にくわしく話した。ええ、以前にもみたことがあります。ふたりでカフェにやってきては、何分かいつもクロークルームに入って、注文をしたことは一度もありません。何度か、カフェの前で、自転車のそばにいるのをみかけたこともあります。少なくとも二度、両手の親指と人差し指で四角いわくを作って、カフェの窓から中をのぞいていたこともあります。ひとりはとても背が高くて、たっぷりある髪《かみ》の毛を派手なオールバックにしていました。顔をみれば、わかると思います。

〈**クヌーズ・ピーダスン**〉　五月八日金曜日、学校は三時に終わった。次の週、あと数日で夏休みというときだった。わたしはヘリェと大声で話をしながら校門を出た。そのとき、通りの向こうに、スーツ姿の男性と、その横にいる女性が目に入った。ふたりともこちらをみている。わたしはふたりに見覚えはなかったのだが、どちらも目をはなそうとしない。わたしはふたりをみながら、軽いジョークのつもりで、ポケットから黒くて長いくしを出して髪《かみ》をとかした。それが致命的《ちめいてき》だった。

「あの子です」

ミセス・エルサ・オデスンがとなりの男にいった。

「背の高いほう」

わたしはヘリェにいった。

「さっきスーツを着た男がいただろう？　後ろをついてきてるんだ。ふり向くなよ。ちょっと立ち止まってみよう」

わたしたちは立ち止まった。すると後ろのふたりも立ち止まった。男のほうは八百屋のウィンドーから中をじっとみている。いま自分にはカブがいちばん大事なんだといわんばかりだ。わたしたちはかけだして、角を曲がると、また立ち止まった。数秒して、男があわてて角を曲がってきた。もう少しでぶつかるところだった。

「公安警察だ！」男が大声でいった。「身分証明書をみせてもらえるかね？」

いやとはいわせない口調だった。

数時間後、修道院のドアベルが鳴った。うちのメイドがドアを少し開けると、警官がおし入って、まっすぐ兄の部屋にいき、「逮捕《たいほ》する」とさけんだ。兄は机の引きだしに弾《たま》をこめたピストルをしまってあったが、慎重《しんちょう》に、手を触《ふ》れないようにしていた。

「武器はどこだ？」

警官たちがきいた。兄は立ちあがって、修道院の地下にある武器のかくし場所に案内した。

真夜中になるころには、全員がつかまった。十一人。司教座聖堂《しきょうざせいどう》学校の六人に、ほかの学校のバアウとウフェ。バアウはすぐに別あつかいになった。まだ十四歳《さい》だったので、デンマークの法律では拘置所《こうちしょ》には入らないですんだ。ほかに逮捕《たいほ》されたのは、アルフ・ホウルベアとカイ・ホウルベア、クヌーズ・ホアンボー。わたしたちに砲弾《ほうだん》をくれたブラナスリウの工場で働いていた年上の三人だ。

わたしたちはばらばらにされ、ひとりずつとり調べを受けた。場所はオルボーの警察署だ。あちこちの部屋でタイプライターの音がひびいた。口から出まかせの証言をタイプする音だ。警官はタイプした紙を引きだしてくしゃくしゃにするたびに怒《いか》りをつのらせ、うそばかりならべていると、罰《ばつ》が重くなるぞとおどした。

コペンハーゲンからやってきた刑事がふたり、わたしを事務室に連れていくと、椅子《いす》を指さし、ドアを閉めた。ふたりが知りたがっていたのは砲弾《ほうだん》だった。どこで手に入れた、ときかれた。

「映画の休憩《きゅうけい》時間に、ある人に会ったんです。するとその人が、砲弾《ほうだん》を持っているといったから、使わせてもらえませんかってたのみました」

「その人の名前は？」

「名前はいいませんでした」

ひとりの刑事がこっちにやってきて、わたしの両肩をつかむと、勢いよく壁《かべ》におしつけた。「おまえの父親は牧師だろう！」大声でどなった。

刑事のまっ赤な顔がわたしの目の前にあった。

「うそをつくのは罪だと教わったはずだ！　うそをつくんじゃない！　さあ、正直にいえ……だれから、砲弾《ほうだん》をもらった？」

わたしは、知らないといいはった。

「じゃあ、どんな男だった？」

わたしは、くせのある茶色い髪《かみ》の毛の、茶色い目の人でしたと答えた。わたしがアルフについてしゃべったのはそれだけだった。ささいな事実だ。とり調べが終わって、わたしは自分に、よくがんばったなといってやりたくなった。きびしい尋問《じんもん》を受けたが、何ひとつ重要なことは話さなかった。もちろん、とり調べは続いて、次のメンバーも尋問《じんもん》された。

「くせのある茶色い髪《かみ》の毛の、茶色い目の男から砲弾《ほうだん》をもらっただろう。その男の名前は？」

「アルフです」だれかがいった。

次々にとり調べていくうちに、刑事たちはアルフとカイの名字もつきとめた。クヌーズ・ホアンボーの名前もつきとめた。相手はプロの刑事だ。わたしたちはうまくかくしたつもりで、いろんな情報をあたえていたのだ。それに、わたしたちの話は食いちがってばかりで、うそをつきとおすのは不可能だった。

・・・

少年たちの親がやってきたのは、その日の夕方だった。警察がふみこんで、少年を乱暴に引き立てていったとき、家にいた親もいた。知らせをきいて、何が何だかわからずまっ青《さお》になって警察署にかけつけた親もいた。署にいくと、初老で白髪頭《しらが》のC・L・バクという署長にむかえられた。署長は目に涙《なみだ》をためて両親を部屋に案内し、誠意《せいい》を持って説明した。

〈**クヌーズ・ピーダスン**〉両親はショックを受けて、言葉もなく、だまったままだった。ふたりともチャーチルクラブのことも、活動のこともまったく知らなかった。署長から、この半年、息子たちがブリッジをしていたと思っていたときに何をしていたのか知らされて目を丸くしたらしい。警察署に呼ばれた親たちは全員、初対面で、それがその場の雰囲《ふんい》気《き》をさらに奇妙《きみょう》なものにしていた。工場の経営者、医者、弁護士など、街でも名の知れた人ばかりで、だれひとりそれまで警察署に呼ばれたことはなかった。

うちの両親も警察署に飛びこんできた。結婚式に出ていたので、母は真珠《しんじゅ》のネックレスをして、父はタキシードを着ていた。結婚式の最中に電話で呼びだされたそうだ。そして、ふたりの息子が逮捕《たいほ》されたと知ってかけつけてきたのだ。

わたしも兄も自分たちのしたことを誇《ほこ》りに思っていた。デンマークのために立ちあがったのだから。しかし、その晩《ばん》は、両親の目をみるのがつらかった。ほかの親は何度も、

「なんてばかなことをしたんだ」とくり返していたが、うちは父も母もそんなことはいわなかった。子どもたちが無事かどうか、逮捕《たいほ》されて乱暴なあつかいを受けていないか、それればかりを心配していた。わたしも兄も、両親にしかられたり、罰《ばつ》を受けたりすることはないと思っていた。ふたりとも社会運動家で、著名で、地域の指導者でもあって、今回の不運は、戦争のもたらした不幸のひとつにすぎないと思っていた。よくいわれる言葉だが、「平和なときは、子が親をとむらうが、戦争のときは、親が子をとむらう」まちがいなく、ふたりはわたしたちのことを誇《ほこ》りに思っていた。

深夜をすぎても、尋問《じんもん》は終わらなかった。一日中、タバコをすわせてもらわなかったあとで、深夜、差しだされる一本のタバコでどれだけ多くの情報をもらしてしまうか、これにはおどろくしかない。午前二時、警察はようやく満足した。活動のうちのいくつかはかくしおおせたものの、ほとんどの活動は知られてしまった。全員、供述書《きょうじゅつしょ》に署名をさせられた。だれも頭もあげていられないほど疲《つか》れていたが、何人かは思い切り派手なかざり文字で署名をした。

夜明け前、わたしたちは武装した警備員つきのヴァンにのせられて、ハンス王通り拘置《こうち》所《しょ》に運ばれた。これはオルボー市の拘置所《こうちしょ》だった。そこで持ち物をとりあげられ、房《ぼう》に入れられた。囚人服《しゅうじんふく》を渡され、着ていた物は房《ぼう》の外の椅子《いす》の上におくようにいわれた。兄とわたしは同じ房《ぼう》だった。

わたしたちは看守《かんしゅ》がいなくなるとすぐに窓のところにいって、鉄格子《てつごうし》を調べてみた。太くて四角い鉄の棒でできていて、しっかりはまっている。わたしはマットレスに横になって目を閉じた。自由になって寝《ね》られるようになるまで、長いことかかりそうだった。

ハンス王通り拘置所《こうちしょ》でヒトラーのために撮《と》った写真。クヌーズ[1]、イェンス[2]、モーウンス・F[3]、アイギル[4]、ヘリェ[5]、ウフェ[6]、モーウンス・T[7]、バアウ（番号札なし）。右端の男性はだれか不明。

12
ハンス王通り拘置所《こうちしょ》

〈**クヌーズ・ピーダスン**〉　ほんの数時間後、看守《かんしゅ》の声で飛び起きた。

「服を着ろ。裁判所《さいばんしょ》にいく！　急げ」

わたしは目をこすって、まわりをみた。兄は房《ぼう》にひとつきりのベッドを占領《せんりょう》している。わたしは床《ゆか》のマットレスで寝《ね》ていた。四つの壁《かべ》のひとつの天井《てんじょう》近くに格子窓《こうしまど》があって、そこからうす青い光がさしこんでいる。小さくて細長い房《ぼう》の反対側には分厚いドアがある。内側にとっ手はない。のぞき穴がついているが、外側にカバーがついていて、看守《かんしゅ》からはみえて、こちらからはみえないようになっている。テーブルがひとつ、椅子《いす》がひとつ、両方ともリノリウムの床《ゆか》にボルトでとめてある。これだけ。これが囚人《しゅうじん》の家だ。

わたしたちはバスで移動した。ただし、デンマーク警察の制服を着た看守《かんしゅ》つきだ。それもひとりにひとりずつついている。バスの窓から外をみると、通りはいつもと同じように通勤や通学の人でいっぱいだ。ただ、ドイツの占領下《せんりょうか》にあるため、自由でないのはわたしたちと同じだ。

法廷《ほうてい》は立派な四角い部屋で、高さのある窓があって、床《ゆか》はよくみがかれたリノリウムだった。裁判官《さいばんかん》がしゃべったのはほんの数分で、ほとんど書類から顔さえあげなかった。拘留《こうりゅう》期間を四週間延長するといわれ、わたしたちはふたたび房《ぼう》にもどされた。

●　●　●

クヌーズたちが拘置所《こうちしょ》と裁判所《さいばんしょ》を行き来しているとき、司教座聖堂《しきょうざせいどう》学校のケル・ガルスタテル校長は朝礼のとき、全校生徒に向かって次のようにいった。

「昨夜、わが校の生徒六名が逮捕《たいほ》され、ドイツ軍に対する破壊行為《はかいこうい》で起訴《きそ》された」そして名前を読みあげた。クヌーズ・ピーダスン、イェンス・ピーダスン、アイギル・アストロープ=フレズレクスン、ヘリェ・ミロ、モーウンス・フィエレロプ、モーウンス・トムスン。そしてこういった。

「きみたちの級友はいま、ハンス王通り拘置所《こうちしょ》にいる」

司教座聖堂《しきょうざせいどう》学校校長、ケル・ガルスタテル

生徒たちの何人かが立ちあがって、建物の外にかけだした。教師たちは道をあけた。生徒たちは拘置所《こうちしょ》の外に集まって、収容されている級友に呼びかけ、はげましの声を送った。裁判所《さいばんしょ》の中にいた少年たちには、その声はとどかなかった。

学校に残った生徒たちも心をゆさぶられた。そのうちのひとりは、あとでこう書いている。

「校長先生の言葉は、すごいショックだった。あの六人が、つい昨日までいっしょに校内を歩き、いっしょに授業を受けて、いっしょに校庭で遊んでいた、あの六人が、学校が終わってから、ドイツ軍に対する破壊《はかい》活動をしていたなんて……。校長先生は、教室にもどって勉強を続けなさいといったけれど、とてもそんな気にはなれなかった。だれもが、

あの六人の暗い未来を思い描いた。みんな椅子《いす》にすわって、逮捕《たいほ》された級友のすわってい
た空《から》っぽの椅子《いす》をみた。先生のひとりは、両手で頭をかかえるようにすわったまま、一時間くらい、何もいわなかった」

司教座聖堂学校《しきょうざせいどう》のもうひとりの教員は、この知らせをきいて心を動かされ、なにかしたいと思った。技術の教員だった。クヌーズは技術の授業がきらいで、木工にはまったく興味がなかった。その教師は一学期ずっとクヌーズをどなりつけ、なまけ者よばわりして、ほかの生徒の前で能なしとののしった。そんなことがあったせいで、心から後悔《こうかい》し、クヌーズのしていたことに感動して、クヌーズがやることになっていた課題を仕上げることにした。そして、きれいに仕上げた机を持って修道院をおとずれ、ピーダスン家に贈《おく》り物としておいていった。

少年たちがドイツ軍に反抗《はんこう》して逮捕《たいほ》されたというニュースはまたたくまにオルボーの街中に伝わった。

店も、会社も、学校も、工場も、このうわさで持ちきりだった。

その裏では、ドイツとデンマークの高官たちが緊迫《きんぱく》した議論を重ねていた。この手の逮《たい》捕《ほ》事件は、大戦が始まって以来、デンマークでは初めてのことだ。成り行きは多くの国民

の注目を集めることになる。

まず最大の問題は、デンマークとドイツ、どちらの法律で裁《さば》くかという点だ。少年たちが有罪になった場合、どちらの法律に従って罰《ばつ》を決めるのか。もしドイツ側が裁《さば》いた場合は、どんなに軽くても、強制収容所で重労働をさせられることになるだろう。最悪の場合、ヒトラーが彼らをドイツに反抗《はんこう》した者はこうなるのだという見せしめに処刑《しょけい》させることも考えられる。チャーチルクラブのメンバーがデンマークの法廷で裁《さば》かれることになれば、デンマークに駐在《ちゅうざい》しているドイツ軍の高官たちは、早急に、そしてきびしく罰《ばつ》するよう要求するだろう。ドイツがこのことを軽く考えていないことを示さなくてはならないからだ。

またほかの問題もあった。それはドイツとデンマークの暗黙《あんもく》の了解のようなものだ。多くのデンマーク人はドイツに占領《せんりょう》されることに満足していた。経済的にはうるおっているし、家も焼かれたりしていない。一方、ドイツ軍の兵士たちは食料は十分にあるし、デンマークの街々の行政権をにぎっているし、現状を維持《いじ》するために指一本あげる必要がない。デンマークの治安を守るために実際に軍隊を動かす必要はないのだ。ドイツ軍がいるだけでデンマーク人はおとなしくしているのだから。そんなわけで、両方にとってとても良好な関係が保たれてきたといっていい。

ところがここにいたって、チャーチルクラブの少年たちが波風を立てた。彼らをどうあつかうかは非常に重要だ。ドイツ側にしてみれば、少年たちをきびしく処罰《しょばつ》してデンマーク国民の反発を買いたくはないものの、弱腰《よわごし》だと思われてはまずい。じつにデリケートな問題だった。

逮捕《たいほ》から三日後、オルボー市議会はドイツ政府に、チャーチルクラブの件について謝罪文を送った。それには市長の署名があった。

オルボー市議会は残念なことに、司教座聖堂《しきょうざせいどう》学校の若い生徒たちが……ドイツ軍に対しさまざまの深刻な被害《ひがい》をあたえたという知らせを受けとりました。市議会は、オルボー市民を代表して、心から遺憾《いかん》の意を表します。

この件では、少年たちの家族も悲しみ、動揺《どうよう》しています。というのは、市議会も確信しているように、家族はこれらの犯罪行為《こうい》をまったく知らなかったからです。また、市議会は、今回の事件がドイツ軍と、デンマークの国および国民との関係に深刻な影響《えいきょう》をおよぼさないよう、切《せつ》に願っているということをお伝えします。

結局、ドイツはこの事件の処理《しょり》をデンマークにまかせることにした。ただし条件がふたつあった。第一に、司教座聖堂学校《しきょうざせいどう》の校長ケル・ガルスタテルをやめさせ、オルボー市から追放すること。第二に、ドイツ占領軍《せんりょうぐん》は裁判《さいばん》中、ドイツ人の傍聴《ぼうちょう》者に裁判《さいばん》の詳細《しょうさい》な報告を作成させベルリンに送ること。首都コペンハーゲンから裁判官《さいばんかん》と検事がオルボーに呼ばれ、チャーチルクラブの裁判《さいばん》を行うことになった。

〈**クヌーズ・ピーダスン**〉拘置所《こうちしょ》では、わたしたちはほかの囚人《しゅうじん》とはあつかいがちがっていた。そもそも、ほかの囚人《しゅうじん》とはみるからにちがう。私立学校の十代の少年なんだから。ほかは酔《よ》っ払《ぱら》いや泥棒《どろぼう》ばかりだ。それに、わたしたちのしたことに感動している看守《かんしゅ》もいた。いってみればスターあつかいで、最高の待遇《たいぐう》を受けていた。

われわれがピストルを三丁盗《ぬす》んだカフェ――クリスティーネという名前でお菓子《かし》も出している――カフェからはコーヒーがとどいた。われわれを通報したウェイトレスの働いているホレル・カフェからもクリームののったケーキがとどくようになった。わたしたちはとことんこまった状況《じょうきょう》にいながらも、ふつうの少年と同じように陽気で元気だった。そして状況《じょうきょう》をできるだけ利用した。まったく、生意気だったと思う。

ときどき精神的な健康をチェックするために、医師の診察《しんさつ》を受けさせられた。デンマーク当局にとっても、少年たちは精神的な異常があってあんな破壊《はかい》的な行動にかり立てられたという報告ができれば、話もかんたんになったはずだ。医師はわたしたちの目をのぞきこんで、こんな質問をした。

「もし一万クローネもらったら、何に使うかね？」

アルフはこう答えたらしい。

「ありがとうございます。でも、ちょっと多すぎますよ。五千クローネで十分です」

医師は一般《いっぱん》常識をチェックするために、こんな質問が書かれた紙を渡した。


「夏から冬に季節が変わるのはなぜか？」

「エリザベス女王の在位期間は？」

「ポルトガルの首都は？」

「『謝意』とはどういう意味か？」


最後の質問に、メンバーのひとりはこう答えた。

「懲役《ちょうえき》十年の判決を受けたとき、立ちあがって、『ありがとう』ということ、それが謝意です」

わたしたちは一日に一度、一時間、外に出ることがゆるされた。房《ぼう》の中で何か書いていたり、本を読んだり、飛行機の模型を作ったり、寝《ね》ようとしたりしていると、看守《かんしゅ》がきて大声でいう。

「休憩《きゅうけい》だ！」

そして、ふたつあるコンクリートの地下牢《ちかろう》のような庭のひとつに連れていかれる。そこは四方が三メートルほどの高さの塀《へい》でかこまれ、上が金網《かなあみ》でおおわれていた。そこでチェスをしたり、球戯《きゅうぎ》をしたりした。一度、塀《へい》の外でドイツ兵が、まのぬけた農作業の歌をうたいながら歩く音がきこえてきた。こちらもすぐに、「はるかなティペラリー」を歌って対抗《たいこう》した。この歌は、第一次世界大戦でイギリス軍が歌って有名になった。ドイツ兵は拘《こう》置所《ちしょ》の所長たちに文句をいったらしい。

わたしたちは警察署長に、外に出ていられるときタバコをすうのを認めてほしいと手紙を書いた。

「署長へ。どうか、外でタバコを一本だけすう許可《きょか》をください。火はちゃんと消します。房《ぼう》には持ち帰りません。約束します」

わたしたちの全員がこれに署名した。そして許可《きょか》がおりた！

毎日、わたしたちは政府をばかにする寸劇を作った。そして拘置所《こうちしょ》の庭で裁判《さいばん》のシーンを何度も上演して、わたしたちの知っている裁判所《さいばんしょ》の役人たちのまねをした。そして劇は

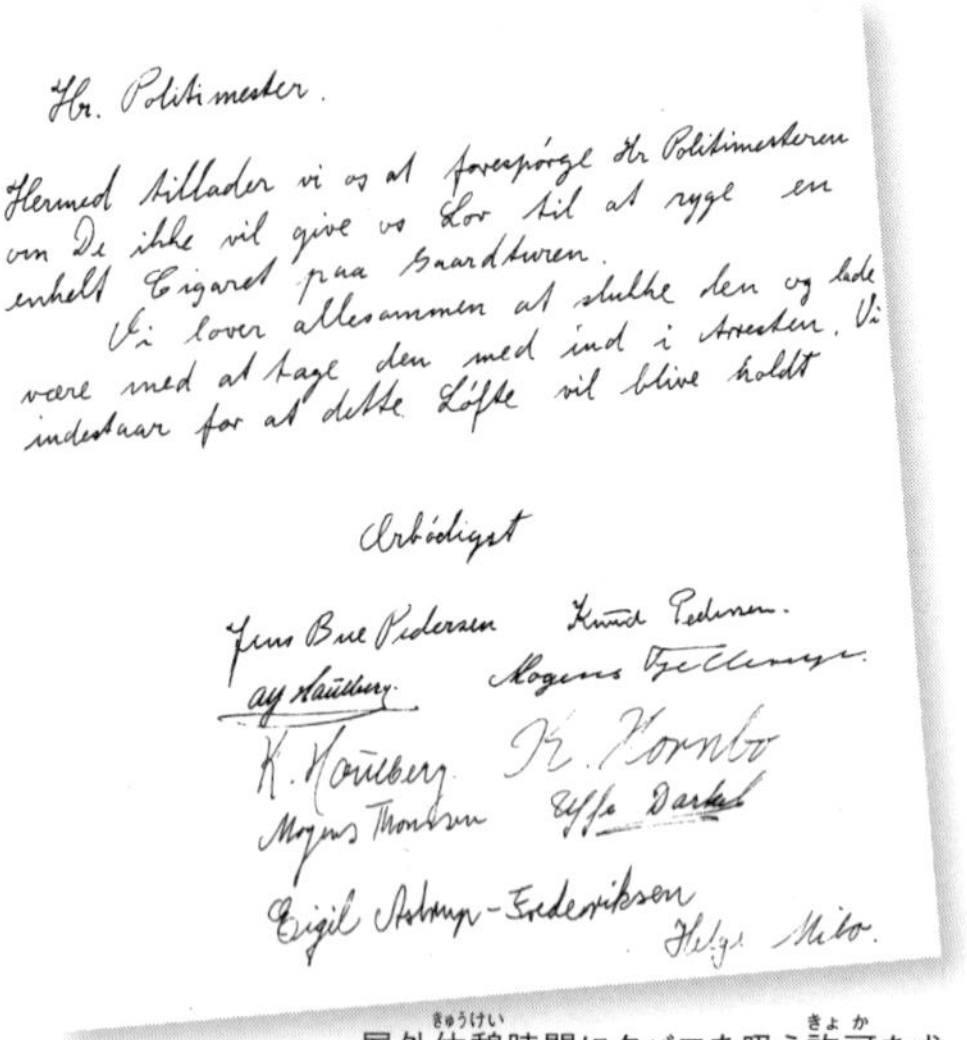

Hr. Politimester.

Hermed tillader vi os at forespørge Hr Politimesteren om De ikke vil give os Lov til at ryge en enkelt Cigaret paa Gaardturen.

Vi lover allesammen at slukke den og lade være med at tage den med ind i Arresten. Vi indestaar for at dette Løfte vil blive holdt

Ærbødigst

Jens Bue Pedersen　Knud Pedersen.
Mogens Fjellerup
K. Houlberg　K. Hornbo
Mogens Thomsen　Uffe Darket
Eigil Astrup-Frederiksen　Helge Milo.

屋外休憩《きゅうけい》時間にタバコを吸う許可《きょか》を求めて、オルボー警察署長にあてた手紙

いつも、わたしたち全員に死刑の判決《はんけつ》がおりるところで終わり、心臓の上に白いハンカチをあてることでそれを表現した。

みんな、処刑《しょけい》されるかもしれないと思っていたのだ。そして処刑《しょけい》について何時間も話した。銃殺《じゅうさつ》だろうか？　銃殺《じゅうさつ》は痛いだろうか？　死ぬまで時間がかかるのだろうか？

仲間のひとりが、ナチスらしい殺し屋たちが、囚人《しゅうじん》を処刑《しょけい》するところを映画でみたことがあった。連中は、心臓のところに穴の開いているシャツを、処刑《しょけい》する囚人《しゅうじん》に着せた。そうすれば、血でよごれずにすむから何度でも使えるのだ。ハンス王通り拘置所《こうちしょ》にひとり、妻《つま》がナチスだとわかったから殺したといっている男がいた。何でも知っているという顔をしていた。その男によれば、処刑《しょけい》後、三十分

くらい生きていることもあるらしい。
メンバーによって拘置所《こうちしょ》での生活態度はちがっていた。わたしは不安だったがエネルギーを持てあましていた。片付けが苦手で、描いた絵があちこちにちらばっていた。兄は生まれつき、きれい好きだった。修道院で別々の部屋にいたときはよかったのだが、拘置《こうち》所《しょ》では一日二十三時間ずっといっしょだ。しばらく、兄はわたしをできるだけ無視しようとして、『カラマーゾフの兄弟』なんかを読んでいた。しかしある日、本を読みながら、わたしに向かって、うるさいとどなった。わたしたちはすぐに顔をつきあわせて、みんなが逮捕《たいほ》されたのはおまえのせいだと、声を張りあげることになった。

兄「なんで、砲弾《ほうだん》をくれたブラナスリウの三人のことを警察にしゃべったんだ？　教えることなかっただろう。あの三人は逮捕《たいほ》されずにすんだかもしれないんだぞ」
わたし「兄さんが警官を地下室に連れていって武器をみせたから、話さなくちゃいけなくなったんだ」
兄「おれは警官を地下室に案内したりしてない。武器のことを警官に教えたのはおまえだ」
わたし「ぼくは警官に、こいつはだれだときかれて、兄ですと答えただけだ。それに、なんでそんなことになったと思う？　どこかのまぬけなやつがスケートリンクでドイツ兵をけ飛ばして、反ナチスのブラックリストにのせられたからだ。ほんとに、ばかなんだから」

兄「このナチス野郎！」

わたし「ナチスはそっちだ」

こうしてなぐりあいのけんかになった。いつもは仲のいい兄弟が、半年間も大きなプレッシャーの下でくらしていたのだからしょうがない。チャーチルクラブの集まりはいつも修道院だった。すべての道は修道院に通じていたのだ。そしてたまりにたまったストレスが、その日の午後、ふきだしたというわけだった。

拘置所《こうちしょ》のあちこちで叫び声があがっては、看守《かんしゅ》がかけつけて、わたしたちを引きはなした。そのうち兄は、となりの房《ぼう》に連れていかれてアルフといっしょにされた。その日の夜、わたしたちはつらい気持ちをかかえて寝《ね》た。しかし、兄が房《ぼう》をうつったことで、新しい可能性が生まれることになった。

ある日、わたしたちは看守《かんしゅ》に呼びだされ、写真を撮《と》るというので庭に連れていかれた。わたしたちはバアウがいるのをみておどろいた。顔を合わせるのは逮捕《たいほ》されてから初めてだった。いっしょに逮捕《たいほ》されたのだが、十四歳《さい》だったのでわれわれとちがって起訴《きそ》されなかったのだ。いま、青少年矯正施設《きょうせいしせつ》にいるといっていた。わたしたちは番号のついた布を持たされ、胸《むね》の前で広げるようにいわれた。そしていつものように笑いながら、ちゃかしはじめた。しかしすぐに看守《かんしゅ》に注意された。

「できるだけまじめで、悲しそうな顔をしたほうがいいぞ。写真はベルリンに送られるんだからな。ヒトラー総統《そうとう》がみることになる。にやにやするのはやめろ」

わたしたちはいわれたとおりにした。バアウがここに連れてこられた理由がわかったからだ。わたしたちの中でいちばん年下で無邪気《むじゃき》な顔をしているから、いい印象をあたえてくれる。それこそデンマークの高官たちが伝えたいことなのだ。チャーチルクラブのメンバーは、ちょっとふざけているところをつかまった、無邪気《むじゃき》な生徒なのですといいたいのだ。

● ● ●

クヌーズとほかの仲間が拘置所《こうちしょ》にいるうち、季節は春から夏に変わり、チャーチルクラブのメンバーが逮捕《たいほ》された事件はデンマーク中に伝わった。ドイツのきびしい検閲《けんえつ》をかいくぐって、オルボーの生徒たちのことが新聞やラジオで広がっていった。こんな感じだ。

彼らはみな若いが、抵抗運動《レジスタンス》を組織的に行い、デンマーク人もドイツ軍の占領《せんりょう》に反抗《はんこう》できるのだということを初めて、身をもって証明した。数年後、司教座聖堂学校《しきょうざせいどう》の級友はこう書いている。

「（彼らの逮捕《たいほ》は）まるで爆弾《ばくだん》が落ちてきたようなものだった。いまではもう想像できないかもしれないが、チャーチルクラブの事件が表ざたになったときにデンマーク国民の受けた衝撃《しょうげき》は、はかりしれないほど大きかった……その精神的なショックは強烈《きょうれつ》で、ちょっとやそっとではおさまらなかった」

多くの家庭で、オルボーのこの少年たちのことが話題になった。まだ年端《としは》もいかない男の子たちがナチスに刃向《はむ》かったことを苦々しく思う人もいた。眠《ねむ》れる巨人を目ざめさせて事態をいっそう悪化させてしまったと不安に思う人もいた。あるオルボーの新聞の社説は少年たちを非難した。

「ドイツ軍に対する浅はかな行為《こうい》で……彼らは英雄ではなく、おろか者であり、犯罪者である。その無責任で、無節操《むせっそう》な行動は重大な犯罪であり、わが国、わが街をさらなる危険にさらすことになった……彼らは厳罰《げんばつ》に処《しょ》して、このことをわからせなくてはならない」

一方、勇気づけられた人々もたくさんいた。オルボーの通りや店で回覧されたチラシにはこう書かれていた。

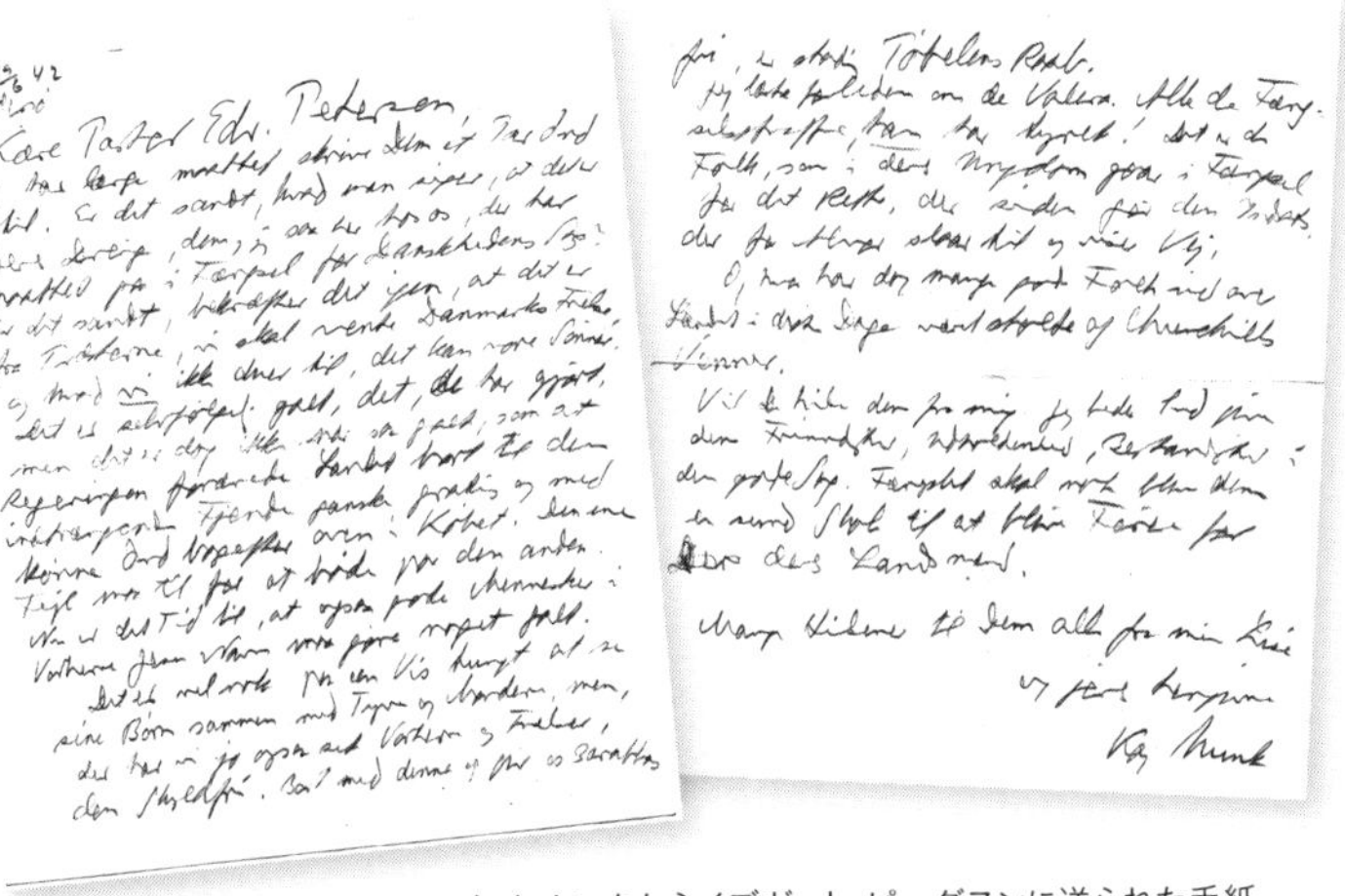

カイ・ムンクからイズヴァト・ピーダスンに送られた手紙

「逮捕《たいほ》された少年たちとその家族を応援《おうえん》しよう！　われわれは少年たちの行動を非難しはしない。それどころか国を心から愛しているからこその行動だと思うし、それは全デンマーク人の尊敬に値《あたい》すると思う。彼らを支持する気運を高めよう。そうすればドイツも、少年たちを自国に連行したり、銃殺《じゅうさつ》したりするのを思いとどまるだろう」

デンマークで最も有名な詩人でもあり劇作家でもあるカイ・ムンクは、ピーダスンの両親に心のこもった手紙を書いた。それはこっそりチラシに印刷され、ひそかにデンマーク中にまわった。ムンクはこう書いた。

「もちろん、（少年たちの）したことはまちがっています。しかし、侵略《しんりゃく》戦争を始めた国に、政府がこの国を売り渡してしまったことにくらべれば、どれほどのことでもありません……いまは善良な人々が、神の名において、まちがったことをしなくてはならないときなのです……わたしは神に祈ります。どうか、少年たちがほがらかで、がまん強く、この正しい気持ちを持ち続けますように」

一九四二年の夏、十日間にわたって、チャーチルクラブの少年たちは、ひとりずつ、また数人のグループで証言をした。裁判官《さいばんかん》はアートゥア・アナスン。ベテランの裁判官《さいばんかん》で、特別にコペンハーゲンの裁判所《さいばんしょ》からオルボーに呼ばれてこの件を担当することになった。また裁判《さいばん》の記録を書きとめるために、スィルコヴィッチという名前の秘書が同伴《どうはん》した。チャーチルクラブのメンバーはいまでも覚えているが、公判中、秘書が何度も裁判官《さいばんかん》に「これは記録しますか」「これは削除《さくじょ》しますか」と問いかけたらしい。

ドイツ領事は制服を着て、しゃちほこばって椅子《いす》にすわり、小さな書き机に向かい、証言に耳をかたむけて、メモをとった。手が動くと、目も動いた。法廷には親も、報道関係者も、友人もいなかった。事務的な雰囲気《ふんいき》だった。

カイ・ムンク

カイ・ハーラル・ライニンガー・ムンク（一八九八－一九四四）は、カイ・ムンクとしてよく知られている、デンマークの劇作家、詩人、ルーテル教会の牧師、社会運動家。

ムンクの戯曲《ぎきょく》はおもに一九二〇年代に書かれ、三〇年代によく上演された。どれも、宗教、マルクス主義、ダーウィンの進化論など重いテーマをあつかっている。

ムンクは最初、大不況《ふきょう》時代、ヒトラーがドイツ人にふたたび働く場をあたえたことに賞賛の言葉を送ったが、ユダヤ人を迫害《はくがい》するのをみて態度を一転させた。

ムンクの『Han Sidder ved Smeltediglen（るつぼのそばにすわって）』と『ニルス・エベスン』はナチズムに対するまっ向からの激しい攻撃《こうげき》で、ヒトラーを激怒《げきど》させた。ムンクは一九四四年一月四日、ゲシュタポによって逮捕《たいほ》され、殺された。

カイ・ムンクはデンマークの国民的英雄で、毎年、ルーテル教会の殉教者《じゅんきょうしゃ》のカレンダーの八月十四日にその名が刻まれている。

カイ・ムンク

〈クヌーズ・ピーダスン〉　こちらには弁護士がふたりついた。ひとりはコペンハーゲンからきたルヌース。わたしたちはこの弁護士をきらっていた。というのは、わたしたちのことを、裁判官《さいばんかん》に対して悪がきのように印象づけようとしたからだ。オルボーの弁護士は太った陽気な人で、クヌーズ・グロンヴァルという名前だった。いつも大声でわたしたちをおどし、ドイツに反抗するようなことは絶対口にするなと警告していた。グロンヴァルは何度も拘置所《こうちしょ》にやってきて、わたしたちに公判《こうはん》のための準備をさせた。目の前をいったりきたりしながらどなった。

「いいか、おまえたちは自分のしたことを悔《く》いている、そうだな？　答えろ！　悔《く》いているんだろう？」

そして、わたしたちが答える前に、自分で答えをいった。

「心から悔《く》いているんだ！　いいか、よく覚えておけよ。オルボーのドイツ領事の報告はそのままベルリンにいくんだ。ヒトラーが読むんだ！　法廷に入ったら、そのことを忘れるんじゃないぞ！」

アナスン裁判官《さいばんかん》はやさしく、やわらかい態度で接した。ある日、わたしにこういった。

「クヌーズ、今日はオーゼンセでの活動について話してくれないか。きみはそのときまだ十四歳《さい》だったから、その件で罪に問われることはない」

もちろん、わたしはRAFクラブのメンバーの名前はいわなかった。裁判官《さいばんかん》はそれが目的だったのだ。

焦点《しょうてん》は武器だった。どちら側もそれを最も重要視していた。なぜ、武器を盗《ぬす》んだのか？　何に使うつもりだったのか？　弁護士側も、もちろん政府側も、わたしたちにこう証言してほしいと願っていた。友だちにみせびらかすためのおもちゃか記念品でも集めるようなつもりでやりましたとか、盗《ぬす》んで逃《に》げられるかどうかためしてみただけですとか。あぶないことをやってみたい子どもでした、そういってほしかったのだ。

公判中《こうはん》、一度、アナスン裁判官《さいばんかん》はわたしたちのうちの四人を前に呼んで、ひとりずつ、なぜ武器を盗《ぬす》んだのかたずねた。わたしの番がきたとき、わたしは法廷《ほうてい》に向かってこういった。

「ぼくたちにとって、武器はおもちゃじゃありません。イギリスがぼくたちを解放しにきてくれたとき、支援《しえん》するために使うつもりだったのです」

グロンヴァルは椅子《いす》からとびあがって、次の日まで休廷《きゅうてい》を申し出た。認められて、休廷《きゅうてい》となった。

夜、グロンヴァルが拘置所《こうちしょ》にかけつけてきて、それまで以上にどなり声を張りあげた。

「もう少しでうまくいくところだったんだぞ！」グロンヴァルはつばを飛ばしながらいっ

た。

「裁判官《さいばんかん》は、おまえたちが銃器《じゅうき》を使うつもりがなかったと判断するところだったんだ！ところがこのばかが——そういって、わたしを指さして——ぼくたちはドイツ兵をドイツの武器で撃《う》とうと思ったんです、すばらしいアイデアだと思いませんか、と証言した！おい、その頭は空《から》っぽか?! よくきけ、もう一度だけチャンスをやる、絶対にむだにするんじゃないぞ！」

次の日、グロンヴァルは、昨日の質問をもう一度、くり返していただけませんかと裁判《さいばん》官《かん》にいった。わたしが答える番になると、ドイツ領事が手を止めて、顔をあげた。

わたしは前の日とまったく同じ証言をした。

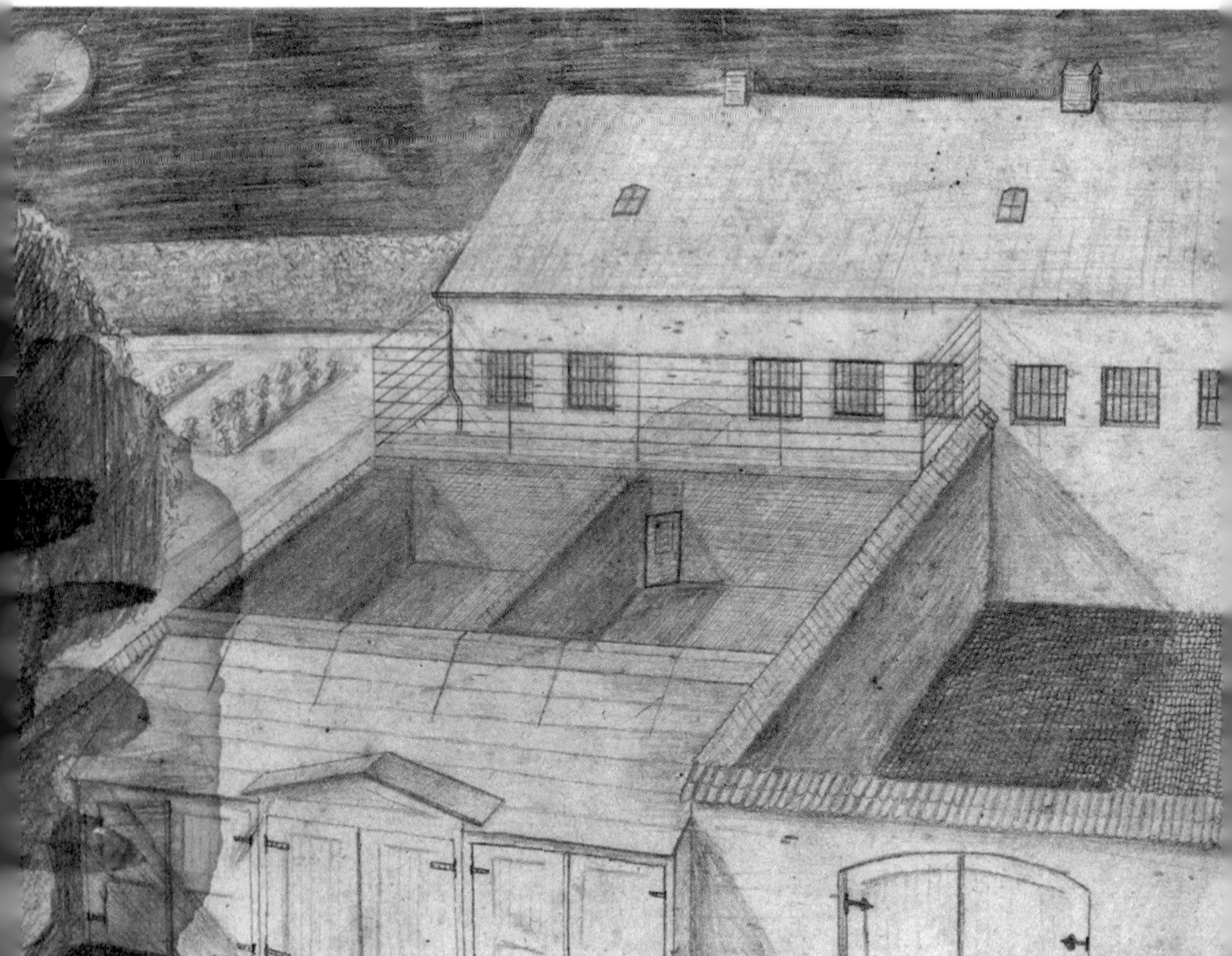

アルフ・ホウルベアが描いたハンス王通り拘置所《こうちしょ》の絵。金網《かなあみ》でおおわれたふたつの中庭が描かれている。

13
壁《かべ》と窓

〈**クヌーズ・ピーダスン**〉 脱走《だっそう》は、最初からわたしたちの頭にあった。収監《しゅうかん》されたままでは、祖国がドイツの占領《せんりょう》に抵抗《ていこう》するのを手助けすることはできない。だから、あの古い拘置所《こうちしょ》の鉄格子《てつごうし》も、レンガの壁《かべ》も、鍵《かぎ》も、すべて調べた。夜は脱走《だっそう》防止のために服を看守《かんしゅ》にあずけることになっていたが、わたしたちはシャツやズボンをひそかに手に入れてかくした。ここからぬけだす方法があるはずだと信じていたんだ。

庭からぬけだすのがいちばん可能性が高そうだった。庭は分厚くて高い石塀《いしべい》に四方をかこまれていたが、上は細い針金の金網《かなあみ》がかぶせてあるだけだ。手がとどけば、針金を切ることができる。一日二回、三十分の屋外での休憩《きゅうけい》時間は、見張りもなく、細工する時間があった。

　ある朝、いちばん背の高いわたしがウフェを肩の上にのせた。ウフェはわたしの肩の上で立ちあがり、塀《へい》に手をついてバランスをとりながらポケットをさぐり、こっそり持ちこんだ包丁をとりだした。そして、あっという間に金網《かなあみ》を切って、大きな穴を開けた。

　計画では次のようになっていた。だれかひとりがその穴から出て、塀《へい》の上に乗り、ゆっくり移動して所長の庭へ飛びおり、走って外へ逃《に》げ、つてをたよって、わたしたち全員がかくれる場所をさがす。ところが残念なことに、翌日、看守《かんしゅ》のひとりが庭を歩いているときに上をみて、金網《かなあみ》に穴が開いているのに気づいた。

　屋外休憩《きゅうけい》の時間も見張りがつくようになり別の方法を考えなければならなくなった。

　わたしたちの最終目的地はスウェーデンだった。ナチスはなぜかスウェーデンが中立政《せい》策《さく》をとることを黙認《もくにん》していた。ということは、スウェーデンにたどり着くことができれば安全だ。少なくともナチスが方針を変えるまでは。デンマークでもコペンハーゲンのあたりでは、海の向こうにスウェーデンがはっきりとみえる。船でいけばすぐの距離だ。しかしオルボーからコペンハーゲンまでいくのは大変だ。オルボーを出るには、まず、厳重《げんじゅう》な警備が敷かれているフィヨルドを越《こ》え、そのあとスウェーデンを望む海岸までいくのに六時間から八時間もかかる。しかも、そこからスウェーデンへいくには、危険をおかして海を渡ってくれる船長をみつけなければならない。それにはコネがいるし、たぶん金もいるだろう。どちらも当時のわたしたちにはなかった。

中立国スウェーデン

デンマークやノルウェーでは、夜になると暗幕で窓をおおい、街灯《がいとう》は飛行機からみえないように青色灯《せいしょくとう》を使った。しかし、すぐとなりのスウェーデンでは、まるで光の祭典が行われているかのようだった。スウェーデンは戦争中、公式には中立の立場を表明した。つまり、連合国、枢軸国《すうじくこく》のどちらの側にもつかないということだ。だが、実際には両方に協力をした。ドイツ軍の戦闘《せんとう》を支えている武器を作るには大量の鉄鉱石《てっこうせき》が必要だったが、それはスウェーデンからノルウェーの港やボスニア湾《わん》を経由してドイツに輸出されていた。

一方でスウェーデンは、戦争難民を受けいれることで、ドイツに対抗《たいこう》していた。最も有名なのが、一九四三年十月に、デンマークのユダヤ人の大半を受けいれたことだ。ナチスがデンマーク国内のユダヤ人のいっせい検挙《けんきょ》を行おうとしていた数時間前だった。チャーチルクラブのメンバーがスウェーデンを逃亡《とうぼう》先の候補に考えたのは当然だろう。

わたしたちはオルボーの南三十キロほどにある、有名なティングベク鍾乳洞《しょうにゅうどう》にかくれるつもりだった。そこは、ある実業家が購入《こうにゅう》して一部で石灰岩を採掘《さいくつ》していたが、とても広いので、わたしたちが数日間身をかくす場所はいくらでもあった。あたりにいるのは無数のコウモリくらいだ。コウモリは昼間は洞窟《どうくつ》の天井《てんじょう》にぶらさがって、夕ぐれになるとキーキー鳴きながらいっせいに飛びたつ。わたしたちも、コウモリのように自由になれるだろう。

脱走《だっそう》したあとの協力者を確保するため、妹のゲアトルズにたのんで、わたしたちのメッセージをバアウの兄のプレーベンにとどけてもらうことにした。プレーベンは兄のクラスメートで、いつもぱりっとした服装をして、えらそうな口をきくやつで、破壊《はかい》活動をやめるように兄のイェンスに何度も忠告していた。チャーチルクラブの最初の集会には出ていたが、その後は一度も顔をみせなかった。自分の弟が、兄やわたしの仲間になったことを怒《おこ》っていたようだ。わたしたちが無邪気《むじゃき》なバアウをいいくるめたと思っていたのだろう。それでも、わたしたちを助けてくれたこともあるし、彼なら信頼《しんらい》できると思った。

ある日の面会のおりに、脱走《だっそう》計画を書いたプレーベンあての手紙をゲアトルズにあずけた。同封《どうふう》の手紙を鍾乳洞《しょうにゅうどう》の持ち主にとどけてほしいとたのむ手紙だった。同封《どうふう》の手紙はイェンスが書いたもので、わたしたちが落ち着き先をみつけるまで、鍾乳洞《しょうにゅうどう》の中に滞在《たいざい》するのを許可《きょか》してほしいという内容だった。プレーベンあての手紙の最後には「読み終わったら燃やしてくれ、白亜鉱《はくあこう》の経営者の返事は、プレーベンからゲアトルズ経由でもどしてくれ」、と書いてあった。

だがプレーベンは、その手紙をすぐさま自分の両親にみせた。プレーベンの両親は怒《いか》り、まもなくゲアトルズがプレーベンからの手紙を持ってきた。内容を要約するとこうだ。

「おまえたちはどうかしている。ぼくはこんなばかげたことにいっさい関わるつもりはない。おまえたちがどうしても、このお粗末《そまつ》な脱走《だっそう》計画をあきらめないなら、ぼくが警察に通報する。おまえたちの命を守るためだ。そのうち、ぼくがなんらかの方法を考える。それまでおとなしくしていろ」

だが、わたしたちは「おとなしくして」はいなかった。していられるわけがない。

・・・

一九四二年七月十七日、クヌーズと仲間の少年たちは、ガチャガチャと鍵《かぎ》の鳴る音でぎょっとして目をさまし、そのあとどなり声で命令された。

「服を着ろ!」

〈クヌーズ・ピーダスン〉　わたしたちの唯一《ゆいいつ》のまともな服が、房《ぼう》のすぐ外の椅子《いす》の上におかれていた。それが意味することはひとつ。判決が下ったのだ。地元の拘置所《こうちしょ》で九週間すごしたあと、わたしたちは、ようやく自分の運命を知ることになった。死刑になるのか？　ドイツに引き渡されるのか？　釈放《しゃくほう》されるのか？　それとも、デンマークがドイツとなんらかのとり引きをして、わたしたちはデンマーク国内で処罰《しょばつ》を受けるのか？　それがもうすぐわかる。

ヴァンにのせられ、裁判所《さいばんしょ》へ連れていかれた。その途中《とちゅう》、車窓から、青々と葉をしげらせた木々がみえた。その下を、夏のワンピースを着た女性や、上着なしのシャツ姿の男性が歩いている。街角の売店で売っているほかほかの焼き菓子《がし》の香りがただよってくる。兵士をいっぱいにのせたドイツ軍のトラックが、港のほうへ走っていく。

看守《かんしゅ》に先導されて、法廷《ほうてい》に入った。自分がどうなるのか、さっぱりわからなかった。やったことを後悔《こうかい》はしていない。ただ、つかまったのが残念だった。仲間も同じ気持ちだったはずだ。わたしたちは愛国者だ。敵はわたしたちの国をうばったドイツ人であり、それを傍観《ぼうかん》したデンマーク人だ。わたしたちの英雄は、いまも勇敢《ゆうかん》に戦い続けているノルウェー人であり、数で上回るドイツ空軍の大規模《だいきぼ》な空襲《くうしゅう》から祖国を守った英国空軍のパイロットだった。わたしたちは戦争をして捕虜《ほりょ》になった兵士だ。わたしはどんな運命も受けいれる覚悟《かくご》だった。

まだ午前中だというのに、法廷《ほうてい》内にはすでに熱気がこもっていた。ドイツ側の報告者はアイロンをかけた制服を着て、ノートを開き、無表情で席についていた。アナスン裁判官《さいばんかん》は黄色い紙を手に立ちあがり、わたしたちに前へ出るようにいった。検事と弁護士も立ちあがった。

裁判官《さいばんかん》はわたしたちの氏名と罪状を読みあげた。器物損壊《そんかい》、放火、ドイツ軍の武器の窃《せっ》盗《とう》。それらの罪状について、裁判官《さいばんかん》は全員に有罪を宣告し、わたしたちはニュボー国立刑《けい》務《む》所《しょ》に収監《しゅうかん》されることになった。ニュボー刑務所《けいむしょ》は成人で重罪をおかした者の刑務所《けいむしょ》で、オーゼンセの南東三百キロほどのところにある。いつそこへ送られるかは告げられなかった。

わたしたちは年齢《ねんれい》や罪状によって、それぞれちがう刑期《けいき》を言い渡された。各人の刑期《けいき》は以下のとおりだ。

クヌーズ・ピーダスン：二十三件の罪状により三年。
イェンス・ピーダスン：八件の罪状により三年。（イェンスはわたしより十八か月年上なので、罪状は少ないが、わたしと同じ刑期《けいき》になった。）
ウフェ・ダーゲト：六件の罪状により二年六か月。
アイギル・アストロープ＝フレズレクスン：八件の罪状により二年。
モーウンス・フィエレロプ：八件の罪状により二年。
ヘリェ・ミロ：九件の罪状により一年六か月。
モーウンス・トムスン：四件の罪状により一年六か月。

ブラナスリウ出身の年長の三人は、二十歳を超えた成人だったため刑期《けいき》は長かった。
クヌーズ・ホアンボー：一件の罪状（わたしたちに砲弾《ほうだん》を渡した罪）により五年。
カイ・ホウルベア：一件の罪状（ホアンボーと同じ）により五年。
アルフ・ホウルベア：四件の罪状により四年六か月。

わたしたちは裁判《さいばん》に要した費用すべて──「すばらしく有能な」被告《ひこく》弁護人、グロンヴァルに払《はら》う費用などもふくむ──を払《はら》うことになった。イェンス、ウフェ、アルフ、わたしは、破壊《はかい》・損傷《そんしょう》したドイツ軍の武器や機材も弁償《べんしょう》しなければならない。その金額は合

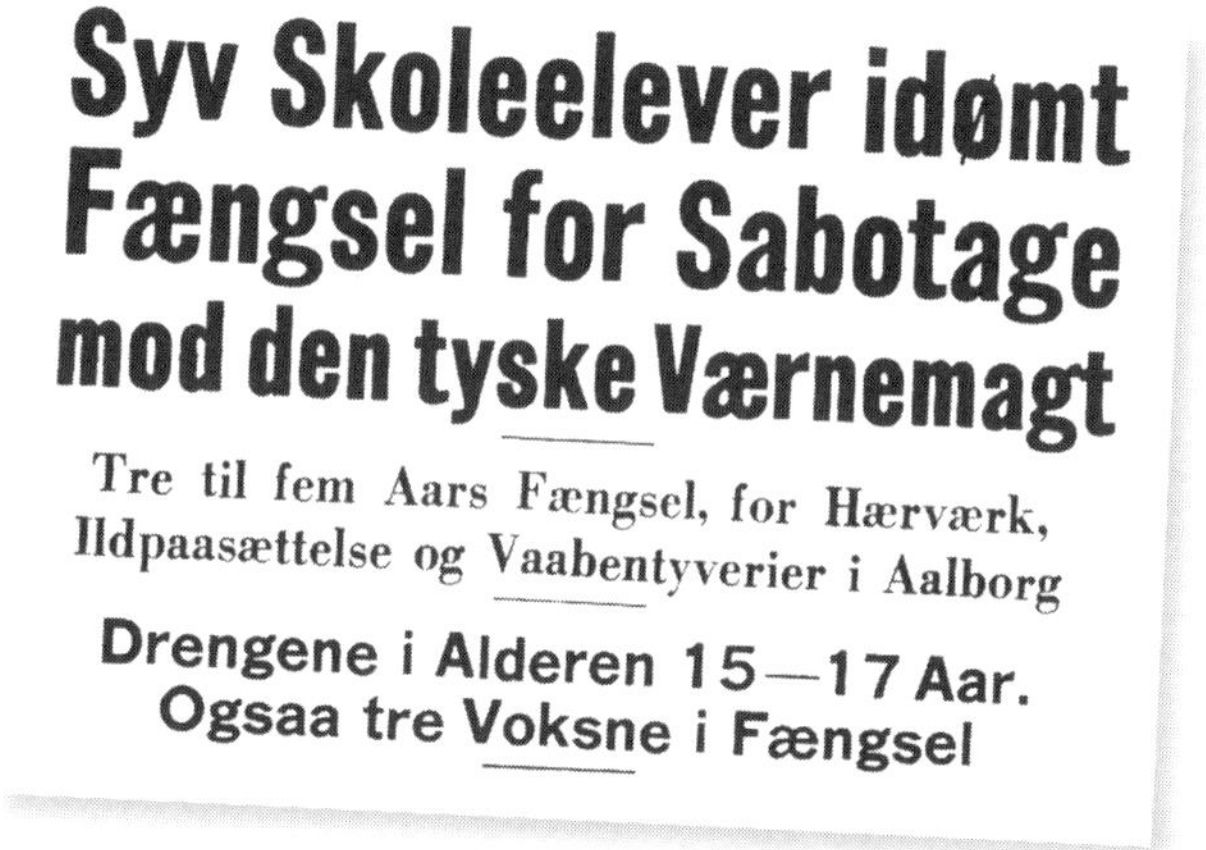
Syv Skoleelever idømt Fængsel for Sabotage mod den tyske Værnemagt

Tre til fem Aars Fængsel, for Hærværk, Ildpaasættelse og Vaabentyverier i Aalborg

Drengene i Alderen 15—17 Aar. Ogsaa tre Voksne i Fængsel

オルボーの新聞にのったチャーチルクラブの裁判《さいばん》の判決に関する記事の見出し。「7名の中等学校生（15—17歳）、ドイツ国防軍への破壊行為《はかいこうい》で刑務所《けいむしょ》へ。オルボーでの器物損壊《きぶつそんかい》、放火、武器窃盗《せっとう》の罪により、3年から5年の禁固刑《きんこけい》。3名の成人も禁固刑《きんこけい》に」

計十八億六千万クローネ、または一万二千五百三十八ライヒスマルク（今日のレートでおよそ四十万ドル）だった。かまうもんか、とわたしたちは思った。明日の朝にでも、小切手で払《はら》ってやる。

　デンマークの法律では、わたしたちは刑期《けいき》の三分の二を終えれば、仮釈放《かりしゃくほう》される可能性があった。わたしやイェンスの場合は二年一か月だ。

　アナスン裁判官《さいばんかん》が小槌《こづち》をたたいて裁判《さいばん》の終了を告げると早速、グロンヴァルがやってきて、手をふりまわしながら、赤ら顔をぐっと近づけてさけんだ。

「これで懲《こ》りたか？　懲《こ》りたな？　懲《こ》りたに決まってる！」

　わたしたちが法廷《ほうてい》から出ていこうとすると、

アナスン裁判官《さいばんかん》がわたしの名を呼んで、手招きした。裁判官《さいばんかん》はまつ毛を涙《なみだ》でぬらし、声をつまらせながらいった。

「きみたちが拘置所《こうちしょ》から脱走《だっそう》しようとしたことは知っている。わたしはきみたちのためにできるかぎりのことをした。たのむから、ひとつだけ約束してくれ。きみ自身のためだ、クヌーズ。二度と脱走《だっそう》を企《くわだ》てたりしないでくれ」

・・・

家族との面会日は、判決が出たすぐあとだった。大勢の家族が面会にきた。この次会えるのはずっと先になりそうだから、当然だ。

当局は拘置所《こうちしょ》の玄関ホールを少年たちとその家族のために解放した。クリスティーネからクリームパイがとどけられ、親類が食べ物やタバコや本などをさしいれてくれた。その場の雰囲気《ふんいき》は、拘置所《こうちしょ》での最後の面会という状況《じょうきょう》がゆるすかぎり、楽しく明るかった。

〈**クヌーズ・ピーダスン**〉　わたしたちが家族と抱きあっていたとき、アルフの弟のテーイが、アルフに一冊の雑誌をそっと渡した。中には刃渡《はわた》り三十五センチほどの弓のこがはさんであった。看守《かんしゅ》がその雑誌をみせるようにいったとき、アルフはすでに、しなやかで

ハンス王通り拘置所《こうちしょ》の屋根。手前にみえる鉄格子《てつごうし》の窓が、イェンスとアルフが鉄棒を切り取ってダミーをはめた窓。

するどい歯の弓のこを上着のポケットの中にかくしていた。先週、テーイから弓のこを持ってくるときかされていたので、それが入るような穴をポケットに開けておいたのだ。そのあと、手をふって別れを告げながら、アルフは自分の房《ぼう》へもどっていった。これでわたしたちは、またチャンスを手にした。

イェンスとアルフはそのとき同じ房《ぼう》になっていたので、その日のうちに作業にとりかかった。細い弓のこを鉄棒にあてて切るのだが、それは時間がかかるうえに大きな音が出ることが判明した。作業は昼間にしかできない。夜はしずかに寝《ね》るというきびしい規則があったからだ。

わたしはふたりのとなりの房《ぼう》にひとりで入っていたため、できるだけ物音をたてるようにした。スプーンと金属の菓子《かし》箱を使い、ドラマーになったつもりで、長時間、でためな演奏をした。ほかのチャーチルクラブのメンバーも、それぞれの房《ぼう》で、鉄格子《てつごうし》のはまった窓から外へ向かって、知っているかぎりの歌を大声でうたった。その中にはヒトラーとその手下たちについての歌がたくさんあった。たとえばこんな歌だ。

まずはゲーリングをつかまえる
太いふくらはぎをつかむんだ
お次はゲッペルスをやっつける
中途半端《ちゅうとはんぱ》にゃやらないぜ
ヒトラーはしばり首
そのすぐとなりはリッベントロップ
そろいもそろってバカ面さらす
一、二、三、四、ナチスのブタ

はっきりした日付はわからないが、そろそろ国立刑務所《けいむしょ》へ送られるとわかっていたので、イェンスとアルフは必死で弓のこを引きつづけ、自由を手に入れようとしていた。いったいいつ、移送されるのか――数日後か、数か月後か、わたしたちにはまったくわからない。わかっていたのは、移送用のバスがくる前に、なんとかしてここを出たい、それだけだった。

わたしたちは単に窓の鉄格子《てつごうし》を切りとるだけではなく、元にもどさなければならなかった。そうしないと昼間にばれてしまう。イェンスがすばらしいしかけを考案した。切りとった鉄棒《てつぼう》の先端《せんたん》に木の突起《とっき》をつけ、残った鉄棒に刻んだ切れこみにはめるのだ。これなら、毎週行われる点検の際に看守《かんしゅ》がその部分を引っぱるようなことがあっても、ぐらつくことはない。引っぱらずにおしたら動くが、そんなことはまずしないだろう。本当に巧妙《こうみょう》なしかけだった。うまくいけば、昼間は窓にダミーの鉄格子《てつごうし》をはめたまま、夜にはイェンスとアルフが拘置所《こうちしょ》をぬけだしてもどってこられる。夜に破壊《はかい》活動を行いながら、全員の脱出《だっしゅつ》計画を練ることができるのだ。それも、だれにも気づかれないで。

九月初旬には、鉄格子《てつごうし》の一部を切りとり、やせた少年なら通りぬけることができるくらいのスペースが開いた。だが、切りとった鉄棒につける木の突起《とっき》の色が明るすぎた。鉄棒と色が合わない。そこでわたしたちは、屋外休憩《きゅうけい》の時間に木の棒で窓ガラスを一枚たたき割り、翌日、看守《かんしゅ》が新品のガラスに交換《こうかん》した際に、ガラスと桟《さん》の接合に使われたコーキングを少しいただいた。それを鉄棒の突起《とっき》にぬり、その上から、房《ぼう》にあった黒いインクをぬったら、完璧《かんぺき》な色になった。

ところが、窓の鉄格子《てつごうし》の細工が完成して、それを使うチャンスがおとずれる直前に、またガチャガチャという鍵《かぎ》の音がして、房《ぼう》のドアがぱっと開いた。起きて服を着ろ、と看守《かんしゅ》に命令される。わたしはあたりを見まわした。まだ真っ暗だ。いったいなにごとだ？

●
●
●

その九月の日の朝五時、クヌーズと仲間の少年たちはバスにのせられた。全員が、それぞれ別の看守《かんしゅ》と手錠《てじょう》でつながれたまま、ニュボー国立刑務所《けいむしょ》へ移送された。当局は少年たちを、闇《やみ》にまぎれてこっそりオルボーから連れ去った。怒《おこ》った市民が抗議《こうぎ》行動を起こすのをおそれたためだ。

バスにのせられたのは、六人の司教座聖堂《しきょうざせいどう》学校の生徒とウフェだけだった。ホウルベア兄弟とクヌーズ・ホアンボーは拘置所《こうちしょ》に残された。少年たちは夜明けの光の下、バスにゆられて、はるか遠くのさびしい土地へ送られていった。友だちや家族がどんどん遠のいていく。正午近くになって、ようやくバスは幹線道路からはずれ、少年たちは遠くに見える新しい収監《しゅうかん》先を初めて目にした。

チャーチルクラブのメンバーとして、少年たちは一年近くの間、奇襲《きしゅう》と速攻《そっこう》をしかけ、危険を切りぬけて、安全な場所から当局をあざけってきた。だが、ニュボー国立刑務所《けいむしょ》をひと目みて、いよいよすべてが終わったと思った。

ダミーの鉄棒をはめたハンス王通り拘置所《こうちしょ》の窓

14
ふたたび自由の身に？

一九四二年十月、デンマーク警察も拘置所《こうちしょ》も、オルボーでドイツ軍の器財への攻撃《こうげき》が新たに頻発《ひんぱつ》している事態に首をひねっていた。とくに車がねらわれた。ドイツ軍の屋根なし自動車がフィヨルドに放りこまれ、浜に打ち上げられたクジラのようにひっくり返って浮《う》かんでいるのを発見された。捜査官《そうさかん》は、だれかがキーを使わずにエンジンをかけ、猛《もう》スピードで波止場まで運転し、桟橋《さんばし》からフィヨルドにつっこむ直前に飛びおりたのだろうと推測した。ドイツ軍にふたたび緊張《きんちょう》が走った。

「すぐに犯人をつかまえろ。でなければ、われわれがつかまえる」

なにもかもふり出しにもどったかのようだった。

拘置所《こうちしょ》の中庭に立つブラナスリウの3人。カイ[8]、アルフ[9]、クヌーズ・H[0]。

だが、いったいだれが、そんなことを？　司教座聖堂《しきょうざせいどう》学校のチャーチルクラブの少年たちは、全員、ニュボー国立刑務所《けいむしょ》へ送られた。三人の年長の受刑者《じゅけいしゃ》——アルフとカイのホウルベア兄弟とクヌーズ・ホアンボー——は、まだハンス王通り拘置所《こうちしょ》に収監《しゅうかん》されている。

じつはこのとき、三人は同じ房《ぼう》に入れられていた。看守《かんしゅ》がのぞき穴をのぞくと、三人の若者は読書をしたり、模型飛行機を組み立てたり、チェスをしたりしていた。しょっちゅうあくびをして、昼寝《ひるね》をしているようだったが、拘置所《こうちしょ》ぐらしはたいくつだから、それも当然だ。

同じ建物に収監《しゅうかん》されているほかの囚人《しゅうじん》たちと同様、三人も夜は消灯《しょうとう》とともに就寝《しゅうしん》していた。少なくとも、そのようにみえた。だが、この三人がいたのは、あのダミーの鉄格子《てつごうし》がはまった窓のある房《ぼう》だったのだ。拘置所《こうちしょ》が闇《やみ》と静寂《せいじゃく》に包まれると、三人はネコのように機敏《きびん》になった。起きあがってベッドの裏にかくしておいたシャツとズボンを手さぐりでとりだし、すばやく身につける。

毎晩《まいばん》、房《ぼう》のまん中においてある椅子《いす》の上に、アルフが一枚の紙切れをおく。そこには彼の両親の家の電話番号と、デンマーク人の看守《かんしゅ》にあてたメッセージが書かれていた。

「どうか警察には知らせないでください。この番号に電話してもらえば、すぐにもどります」

アルフがいつも最初に外へ出た。椅子《いす》の上にのぼり、ダミーの鉄格子《てつごうし》をはずして、身をよじって窓を通りぬけると、すぐ前にある天幕の上にはい出る。次はクヌーズ・ホアンボーだが、彼はちょっと太っている。最初のときは、窓から体が半分出たところで、つかえてしまった。恐怖《きょうふ》と痛《いた》みでさけびそうになるのを必死でこらえ、外にいるアルフに引っぱってもらい、中にいるカイにおしだしてもらって、ようやく外に出ることができたが、おかげで腕《うで》をねんざしてしまった。カイはなんなくぬけだせた。

あとはかんたんだった。庭の上に張ってある金網《かなあみ》の上をはっていき、拘置所《こうちしょ》の果樹園におりる。そのあと、植えこみのしげみに身をかくし、あたりに人がいないことを確認すると、通りに出て自由の身となった。

クヌーズ・ホアンボーとホウルベア兄弟は十九日連続、夜、拘置所《こうちしょ》をぬけだした。あまりにも脱走《だっそう》になれすぎて、ある日、早い時間帯に外に出てしまい、まだ日のあるうちに町なかにいることに不安を覚えた。そこで映画館にかけこみ、席についた。暗闇《くらやみ》に目がなれてくると、まわりにすわっているのはドイツ軍の兵士ばかりだと気づいた。兵士たちは戦場でのドイツ軍の活躍《かつやく》を伝える週一度のニュース映画を楽しんでいたのだ。

脱走《だっそう》した三人が毎晩《まいばん》やることは決まっていた。まずはチャーチルクラブの活動を続けようと、見張りのいないドイツ軍の車の計器パネルをこわしたり、放火したりした。それが終わると、ホウルベア兄弟の実家へいって、兄弟の家族といっしょに夕飯を食べる。彼らが玄関先に現れたのをみた家族は、最初びっくりしたが、すぐに大喜びして、やがていっしょに計画を練るようになった。三人は船をさがしはじめた。それに乗ってリムフィヨルドから出発し、スウェーデンまでいくのだ。

脱走《だっそう》を始めて十九回目の夜、三人はホウルベア家の人々に別れを告げ、拘置所《こうちしょ》にもどりはじめた。歩きながら、今夜はいい夜だったと言い合った。ドイツ軍のかっこいい屋根なし自動車をみつけ、電気系統《けいとう》をショートさせて、使い物にならないようにしてやった。夕飯にはごちそうが出て、声を張りあげて歌い、とても楽しかった。旧友が入れかわり立ちかわりやってきた。みんなでノルウェーとデンマークの旗をふった。最高だったのは、兄弟の父親のホウルベア氏の知らせだった。三人をスウェーデンまで連れていってくれるかもしれない船長をみつけたというのだ。準備をしておけよ、とホウルベア氏はいった。いつ出航《しゅっこう》になるかわからないからな。

それから三人がひんやりした朝の空気の中を歩いていると、とつぜんサイレンが鳴りひびいて、夜明け前のオルボーの町の静寂《せいじゃく》を切り裂《さ》いた。三人はその場にこおりついた。人通りのない午前四時の町なかで、三人の若者はひどく目につく。サイレンが鳴り続ける中、いろいろな考えがどっと浮《う》かんできた。どうしたらいい？　家にもどるか？　拘置所《こうちしょ》へもどるか？　どっちも遠すぎる。空襲《くうしゅう》警報が発令されたときは、避難所へ退避《たいひ》しなければならない。だが避難所の責任者は、必ず身分証明書の提示《ていじ》を求めてくる。三人とも身分証明書は拘置所《こうちしょ》で没収《ぼっしゅう》されたままだ。彼らはとりあえず、近くの建物の入り口に飛びこんだ。ここで落ち着いてから、どうするか考えようと思ったのだ。だが、ふたりの警官が、その動きに気づいた。警官のひとりが懐中電灯《かいちゅうでんとう》で暗い建物の中を照らすと、六つの目がウサギの目のように赤く照《て》らし出された。

「身分証明書を」警官はいった。

三人はすぐに警察署へ連行された。署では警官たちも三人の大胆《だいたん》な行動に感心したが、脱走《だっそう》常習犯を見のがすわけにはいかない。ドイツ軍の兵士が三人の身柄《みがら》を拘束《こうそく》し、ホウルベア家の人々も逮捕《たいほ》された。とり調べによって、ドイツ軍の器財が破壊《はかい》された謎《なぞ》がすみやかに解明された。アルフとカイのホウルベア兄弟とクヌーズ・ホアンボーは即刻、裁判《さいばん》にかけられ、ドイツ軍事法廷《ほうてい》で有罪の判決を受けて、ドイツの刑務所《けいむしょ》に移送された。三人とも十年以上の刑《けい》を宣告された。

デンマーク当局は強く抗議《こうぎ》した。デンマーク人によってデンマーク国内で行われた犯罪は、デンマークの法廷《ほうてい》で裁《さば》く――それが両国の合意だった。デンマーク側は三人の若者の返還《へんかん》を要求した。だがドイツ当局はゆずらなかった。それどころか、デンマーク警察が房《ぼう》の窓の細工に協力していたと非難した。囚人《しゅうじん》が自力であんな細工ができるはずがない。大きな音が出るはずだし、協力があったにちがいないというのだ。

いずれにせよ、チャーチルクラブの活動は完全に止まってしまった。彼らは十か月間、青いペンキで壁《かべ》に落書きしたり、標識をゆがめたり、武器を盗《ぬす》んだり、ドイツ軍の重要な器財を破壊《はかい》したりしてきた。占領下《せんりょうか》デンマーク初の抵抗運動《レジスタンス》として、デンマークの「保護者」たちをさんざん苦しめ、多くのデンマーク人の勇気を呼びさました。しかし、ブラナスリウの三人の若者がドイツの刑務所《けいむしょ》に、年少の七人はニュボー国立刑務所《けいむしょ》に収監《しゅうかん》されるにおよんで、チャーチルクラブはいよいよ息の根を止められたかにみえた。

デンマークの刑務所《けいむしょ》の外に立つドイツ兵

15
ニュボー国立刑務所《けいむしょ》

ニュボー国立刑務所《けいむしょ》は要塞《ようさい》のような堅固《けんご》な建物で、赤レンガの塀《へい》と有刺《ゆうし》鉄線にかこまれた複雑な構造の奥に、八百人の成人受刑者《じゅけいしゃ》を収容していた。多くの受刑者《じゅけいしゃ》は粗暴犯《そぼうはん》で、ときにはひとつの房《ぼう》に四人もつめこまれている。制服を着て武装した看守《かんしゅ》が、敷地をとりかこむ塀《へい》の上の通路をパトロールしていた。

一九四二年九月のある日、正午近くに、七人の少年が手錠《てじょう》をかけられたまま、バスからおりてきた。その場で不安そうにたたずみ、書類の手続きがすむのを待っている。バスはふたたびオルボーへ向けて出発し、運転手は少年たちに「がんばれよ」と手をふった。少年たちは金ボタンのついた黒い制服を着た看守《かんしゅ》に引き渡され、天井《てんじょう》の高い本館に通された。

少年のひとりが不安をやわらげるように冗談《じょうだん》を飛ばすと、看守《かんしゅ》がくるっとふり返ってどなった。

「しゃべるな!」

少年たちは別々にされて、ポケットの中身を全部出すように指示された。眼鏡《めがね》や家族の写真もふくめて、持ち物はすべて没収《ぼっしゅう》。裸《はだか》になるよう命令され、身をかがめて、直腸《ちょくちょう》に何かかくしていないか検査された。

囚人服《しゅうじんふく》――長ズボンと、上から下までボタンがついた前開きの上着――が支給された。クヌーズ・ピーダスンの長い手足はつきでた。次は散髪《さんぱつ》。十代の若者たちが入念に整えていた髪《かみ》が、電気バリカンでごっそり刈《か》りとられ、床《ゆか》に落ちていく。

「髪《かみ》の毛がすっかりなくなったとき、自分の大きな部分がいっしょに失われたような気がした」

アイギル・アストロープ=フレズレクスンはのちにそう回想している。

少年たちは刑務所《けいむしょ》の青少年棟《とう》――K区――へ連れていかれたが、そこにはほかにだれも収容されていなかった。ひとりずつ監房《かんぼう》番号と個人番号を割りふられた。クヌーズ・ピーダスンは囚人《しゅうじん》番号二十八で第一監房《かんぼう》へ、イェンス・ピーダスンは囚人《しゅうじん》番号三十で第二監房《かんぼう》へ。それ以後、看守《かんしゅ》は少年たちを名前ではなく番号で呼んだ。

「起きろ、三十！」

せまい独房《どくぼう》には鉄わくのベッドと机と椅子《いす》があった。トイレは陶製《とうせい》のおまるで、囚人《しゅうじん》自身が洗わなければならない。トイレットペーパーはひとり一日二枚。ハンス王通り拘置所《こうちしょ》と同じく、四方は堅固《けんご》な壁《かべ》だ。入り口は内側にとっ手のない重いドアで、のぞき穴がついている。鉄格子《てつごうし》のはまった小さな窓の向こうは高い赤レンガの塀《へい》で、その上をデンマーク人の看守《かんしゅ》が行き来している。

「わたしはよくその看守《かんしゅ》をみていた」クヌーズはいった。「すごくたいくつしているようで、ときどき塀《へい》のレンガの数を指で数えているのがわかった。それくらいしかやることがなかったんだ」

少年たちは多くの規則にきびしくしばられていた。親と面会できるのは三か月に一度、それもたった二十分間で、家族の会話は看守《かんしゅ》の監視《かんし》のもと。刑務所長《けいむしょちょう》がくると、囚人《しゅうじん》はすばやく気をつけの姿勢をとり、敬礼しなければならない。朝に短い散歩時間があるが、そのときにはまず、両腕《りょううで》をわきにくっつけて、レンガ塀《べい》に向かって整列しなければならない。そのあと合図に従って散歩がゆるされるが、囚人同士《しゅうじん》は三メートル以上はなれて歩かなければならない。しゃべるのも厳禁《げんきん》で、にやっと笑っただけで食事をぬかれることもあった。

一日三回、粗末《そまつ》な食事が出た。朝はライ麦パンが三枚、昼はおかゆ、夜はたいていあたたかい料理が出たが、量が少ない。少年たちはまたたく間にやせていった。「ある日、あまりにも腹がへっていたので、看守《かんしゅ》にもう少し入れてくれないかとたのんだ。看守《かんしゅ》は怒《おこ》って、太るからだめだ、といって、わたしの食事を持っていってしまった。最初の一、二か月で、二十キロもやせた」アイギルがのちにそう書いている。

毎日、きびしい日課に従った。朝六時に耳ざわりなベルが鳴って、ぎょっとして目がさめると、大急ぎで起床《きしょう》。用を足して床《ゆか》を掃除《そうじ》して、朝食をかきこむ。七時に始まる作業は一日十時間、独房《どくぼう》での単純《たんじゅん》作業で、刑務所《けいむしょ》内の印刷工場からとどく絵葉書の山を、二十五枚ずつ束《たば》にする。これが午後六時まで続く。あたたかいシャワーが使えるのは二週間に一度。日曜日には教会へ行くことがゆるされた。

家にいたときはピーダスン牧師のミサを喜んでぬけだし、修道院の上の広い空間で短機《たんき》関銃《かんじゅう》の練習をしていた少年たちはいまや、刑務所《けいむしょ》の単調な生活からぬけだすために、あらゆるチャンスに飛びついた。七人は教会でひとりずつ仕切りのついたブースにすわった。そこからは牧師の姿はみえるがほかの少年の姿はみえなかった。

刑務所《けいむしょ》生活に対する少年たちの反応は、それぞれちがっていた。アイギルは絶望との闘《たたか》いに苦しんでいた。

「仲間に会いたくてしょうがなかった」と彼は書いている。「孤独《こどく》にさいなまれて、頭ではドイツに対する戦いに参加して、正しいことをやったと信じていたのに、ひとりきりの時間が続くと、疑いがわいてくる。それも、知らず知らずのうちにふくらんでいくことが多かった。自分以外に話し相手がいないのがつらい。独房《どくぼう》の明かりは午後九時に消えてしまう。ベッドに横たわりながら、死んでしまいたい、カミソリで手首を切って心臓の鼓動《こどう》を止めてしまいたい、という衝動《しょうどう》と何度も闘《たたか》った。自殺したら、午前四時までだれにも気づかれないんだぞ、と自分自身にいいきかせていた」

対照的に、ウフェ・ダーゲトは、これほど暗い状況《じょうきょう》でも、気持ちを明るく保っていたようだ。ほかのメンバーがそれぞれのベッドに腰《こし》かけ、鉄格子《てつごうし》のはまった窓の外のよごれた雪を暗い気持ちでみているとき、ウフェがお気に入りの歌を口ずさんでいるのがよくきこえてきた。「窓辺に花のある家に、ぼくの恋人は住むだろう」で始まる歌だった。

クヌーズ・ピーダスンは自殺するつもりなどまったくなかったが、怒《いか》りが強すぎて、歌をうたう気にはなれなかった。

〈**クヌーズ・ピーダスン**〉わたしにはむりだった。そもそもデンマーク人の看守《かんしゅ》はドイツの手先、裏切り者と考えていたから、敵地にいるようなものだった。

ニュボーでは、くり返し罰《ばつ》を受けた。たいていは物をとりあげられる罰《ばつ》だ。看守《かんしゅ》たちはわたしの絵の道具や刑務所《けいむしょ》の図書館から借りた本をとりあげた。一か月間、夜八時から九時の「ハッピーアワー」をうばったこともある。仲間と話すことができる唯一《ゆいいつ》の時間なのに。一度、看守《かんしゅ》がこっちをみていないときに、背中にバケツの水をかけてやった。そいつはそのことをいつまでも根に持っていた。

わたしが自分の懐中《かいちゅう》時計を床《ゆか》にたたきつけてこわしたとき、看守《かんしゅ》たちはその時計を修理して、わたしの五日分の労働の手当をさっ引いた。独房《どくぼう》をきたなくしているという理由でも罰《ばっ》せられたし、命令に従わないとか、しゃべってはいけないときに仲間としゃべったとかいう理由でも罰《ばっ》せられた。

わたしは看守《かんしゅ》にとって、格好の標的だった。背が高いので、だれの後ろにもかくれられなかった。

看守《かんしゅ》たちは囚人《しゅうじん》の人間性をうばい、精神的に痛《いた》めつけようとした。チビでずんぐりした赤ら顔の看守《かんしゅ》は、わたしを心底きらっていた。しょっちゅう、わたしの独房《どくぼう》の外で鍵《かぎ》をジャラジャラ鳴らすんだ。わたしはそれをきくとめちゃくちゃ腹が立った。その音をたてているやつは自由だということを思い知らされるからだ。やつはドアの向こうから独房《どくぼう》をのぞくこともできる。わたしはつねにみられているような気がしていた。

ある夜、ベッドで寝《ね》ていると、独房《どくぼう》の中にネズミが一匹いるのがみえた。床《ゆか》に差す月光

クヌーズ・ピーダスンが刑務所《けいむしょ》のなかで描いた夢の絵。ゲレーデとロマンチックな散歩をしているところ。

に照《て》らされ、じっとこっちをみている。わたしはぞっとして、ベッドの上で飛びあがり、悲鳴をあげた。看守《かんしゅ》が数人走ってきたが、何があったのか知ると、腹をかかえて笑いだした。わたしはやつらに向かってさけんだ。

「銃《じゅう》を持ってるから笑えるんだ。安全だからな！」

看守《かんしゅ》たちはドアをバタンと閉めて、みんなで外ののぞき穴から、わたしのみじめな様子を見物していた。

「ネズミに食われちまうぞ、二十八号！」

あのチビの看守《かんしゅ》が高笑いしながらいった。

ネズミは走って暖房機《だんぼうき》のパイプの向こうに入った。一晩《ひとばん》中そこに居すわるつもりらしかった。そいつのたてる音が、ほんの小さな音まで気になってしかたがない。頭にシーツをかぶって音を遮断《しゃだん》しようとしたが、むだだった。翌朝、ウフェがやってきて、ネズミをわなでとらえ、持っていってくれた。

ゲレーデに対する思いがつのっていった。いまや彼女はわたしの女神で、彼女のことばかり考えていたし、夢にもしょっちゅう出てきた。刑務所《けいむしょ》は二週間に一度だけ家に手紙を書くことがゆるされていたが、それも四枚を超《こ》えてはならなかった。さらに、ときおりきびしく検閲《けんえつ》されて、ほとんど真っ黒にぬりつぶされてしまうこともあった。わたしは四枚すべてにゲレーデのことを書いた。両親はわたしの健康状態を知りたがったが、わたしはゲレーデの写真をほしがった。妹は、ゲレーデがよろしくといっていたと書いてきた。わたしはゲレーデの写真がほしくてたまらなかった。とうとう、心配した家族が、ゲレーデの写真を入手した。五匹の子犬といっしょに地面にすわっている写真だ。わたしの手に入ったゲレーデの写真は、あとにも先にも、それ一枚きりだった。

●　●　●

少年たちは戦争のニュースに飢《う》えていた――イギリスがドイツに対して優勢に転じているという知らせをききたかった。だが、家族との面会では、政治的な話をすることは禁じられている。どんなことを話しているか、看守《かんしゅ》がしっかりききいているのだ。刑務所《けいむしょ》では、

『近くと遠く』という週刊新聞が配布されたが、この新聞は戦争についてはナチス側の楽観的な見解をのせているだけで、あとは家庭向けの明るい話題やスポーツ記事くらいだった。少年たちはその新聞をくり返し読んだ。親たちはニュースを伝えようとしたが、看守《かんしゅ》の監視《かんし》のもとでは、ほとんどまともに伝えることができなかった。

　それでも、情報はもれ伝わってくる。ある夜、消灯《しょうとう》前に看守《かんしゅ》がやってきて、少年たちに靴《くつ》をぬいで房《ぼう》の外に出すようにいった。なんで？　少年たちにはわけがわからなかった。だが家族の面会日に、その理由がこっそりささやかれた。それによると、クヌーズ・ホアンボーとホウルベア兄弟はオルボーの拘置所《こうちしょ》に残っていて、アルフとイェンスが作ったダミーの鉄棒をはめた房《ぼう》に収容されていたという。夜になると三人は外に出て破壊《はかい》活動を行い、朝までにもどってきた。しかし最近になって、脱走《だっそう》の最中につかまったらしい。これで、靴《くつ》を出せといわれた謎《なぞ》がとけた。刑務所長《けいむしょちょう》は、ニュボーでも同じことが起こらないよう、看守《かんしゅ》に次のように命じたのだ。少年たちの靴《くつ》をとりあげろ、ただし、その理由をさとられないようにしろ、と。

　きびしい検閲《けんえつ》にもかかわらず、戦争に関する情報は刑務所《けいむしょ》の中にも少しずつ、房《ぼう》から房《ぼう》へ、口伝えで広がった。囚人《しゅうじん》たちは北アフリカのエル・アラメインにおける連合国軍の大勝利をきき、ロシアのスターリングラード（現在のボルゴグラード）での勝利をきいた。ときには思いがけないところから情報がもたらされることもあった。

ヴィ・ヴィル・ヴィネ（われわれは勝つ）

一九四三年、チャーチルクラブの影響《えいきょう》は刑務所《けいむしょ》の外で着実に広がっていた。英国空軍はチャーチルクラブの活動を伝えるビラを、一月と七月の二回にわたって空からデンマーク中にまいた。二回目のビラの最後には、こう書かれていた。「オルボーの少年たちの活動は、ドイツ占領下《せんりょうか》のほかの国で起こったすばらしい活動に匹敵《ひってき》する」。

デンマーク人のレジスタンスをはげますためにRAFによって作られたビラ

四月にはアメリカのラジオ番組『ザ・マーチ・オブ・タイム』が、オルボーの少年たちの破壊《はかい》活動をドラマ化した。その中では、デンマーク人の裁判官《さいばんかん》が、判決の宣告を涙声《なみだごえ》でこうしめくくっていた。

「少年たちよ、くじけるな！　きみたちは決して判決どおりの刑期《けいき》をつとめることはない。なぜなら、まもなく明るい未来がデンマークと全世界におとずれるからだ。少しのしんぼうだ。もうすぐだ」

〈**クヌーズ・ピーダスン**〉 ある日、図書館で、わたしたちより数か月あとに収監《しゅうかん》された囚人《しゅうじん》と会った。彼はわたしたちのことを知っていて、ニュボーにいることも知っていた。彼は二週間に一度、本の入ったカートをおして房《ぼう》をまわり、囚人《しゅうじん》たちに本をすすめる仕事をしていた。その間、後ろには看守《かんしゅ》がひとり、ぴったりくっついている。初めてわたしのところへきたとき、彼はわたしの目をのぞきこみ、ある本を選んで、そのあるページを読むようにいった。

そこには暗号文があった。下線を引いた単語と文字を組み合わせると、イギリスがコペンハーゲンのブアマイスタ&ウェーイン造船所を爆撃《ばくげき》したことがわかった。それは一九四三年のことで、わたしは戦後、彼と一度も会っていない。あんなふうにして情報を伝えてくれるなんて、とても頭の切れる、勇敢《ゆうかん》な人物だったと思う。

• • •

チャーチルクラブは、メンバーが刑務所《けいむしょ》でつらい生活を送っているあいだも、デンマークのレジスタンスの重要なシンボルであり続けた。

ある日、少年たちは私服を着て、応接間に集合させられた。そこで待っていたのは、きちんとした服装の男性だった。そのおだやかな顔とくせ毛に、少年たちは見覚えがあった。デンマークの司法長官、トゥーネ・ヤコブスンだ。

「きみたちと話がしたかった、元気でやっているかね」とヤコブスンはいった。

「弁解するような口調だった」とアイギルは回想している。「彼はわたしたちに、しんぼうしてほしいといい、自分の仕事はすべてのデンマーク人のために最善をつくすことだから、それを理解してほしいといった。自分はナチスの手先ではないともいった。だが、話せば話すほど、彼は自分のまぬけぶりをさらけだしていった。わたしたちにとって、彼はドイツに協力した人間のひとりだった」

電報危機

一九四二年の末、アドルフ・ヒトラーはデンマーク王クレスチャン十世にあてて、七十二回目の誕生日を祝う心のこもった長文の電報を送った。ところが王は「どうもありがとう。国王クレスチャン」というそっけない返事を送っただけだった。ヒトラーはそれを自

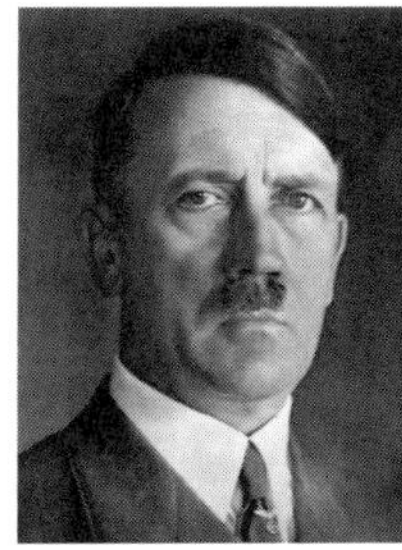

アドルフ・ヒトラー

分に対する侮辱《ぶじょく》と受けとり、激怒《げきど》した。そして、すぐさまコペンハーゲンにいたドイツ大使を呼び戻し、ドイツにいたデンマーク大使を追放して、熱心なナチス党員で秘密国家警察《ゲシュタポ》の一員でもあったヴェルナー・ベストをコペンハーゲンに送り、デンマークの統治《とうち》にあたらせた。

〈**クヌーズ・ピーダスン**〉 トゥーネ・ヤコブスンは最悪のナチス協力者だった。わたしたちの活動は無意味だといい、イギリスはデンマーク人がドイツ軍に対して破壊行為《はかいこうい》を働くことを望んでいないといった。しかしわたしたちはそれがうそだということを知っていた。イギリスはすでにデンマーク人の破壊《はかい》工作部隊を組織していて、わたしたちはそのことを知っていたのだ。

トゥーネは、帰るべき立派な家があることを感謝しなさい、とわたしたちにいった。ここに収容されている多くの囚人《しゅうじん》にはそれがないのだから、と。その言葉にわたしははき気がした。トゥーネがきたあとの週にわたしが両親に書いた手紙には、彼の悪口があまりにもたくさん書いてあったので、看守《かんしゅ》に三回も書き直させられた。結局その手紙は出さな

クヌーズが刑務所《けいむしょ》から家族にあてて書いた手紙。検閲《けんえつ》によって、かなりの部分が黒くぬりつぶされている。

かった。
ある夜、新しいグループがニュボー刑務所《けいむしょ》に連れてこられた。房《ぼう》から房《ぼう》へ窓伝いに広まったうわさによると、彼らはオルボーの少年だということだった。「デンマーク自由同盟《どうめい》」という名のグループで、わたしたちに触発《しょくはつ》されて活動を行い、同じようにデンマークの警察につかまった。彼らによると、まだつかまっていない仲間が大勢いて、抵抗運動《レジスタンス》は拡大しているという。それは、わたしたちが受けとった最高のニュースで、最高に心がおどった。

・・・

ニュボー刑務所《けいむしょ》での規定は三段階にわかれていた。第一段階は新入りの囚人《しゅうじん》用で、ほとんど何の特典もあたえられない。図書館から借りられる本は、キリスト教的な内容のものにかぎられ、家族からの手紙は二週間に一通のみ。

第二段階になると、規定は少しゆるやかになる。午後八時から九時の間、娯楽室《ごらくしつ》で卓球やチェスをしたり、囚人《しゅうじん》仲間としゃべったりできる。この時間は「ハッピーアワー」と呼ばれていた。

第二段階の囚人《しゅうじん》は図書館からどんな本でも借りられた。クヌーズ・ピーダスンはこの機会に、ゲーテ、シラー、ホメロスなどの古典文学に親しんだ。また第二段階になると、小さな庭地をあたえられ、好きなように使うことができた。アイギルはそれを城のある庭園にした。イェンスは菜園にした。ウフェはすばらしい石庭にした。クヌーズは何もせず、ほったらかしにしていた。

第二段階と第三段階の囚人《しゅうじん》は、趣味《しゅみ》のための道具や材料を持ちこむことがゆるされた。ウフェはようやく木製の模型飛行機を作る材料を手に入れた。クヌーズはスケッチブックを手に入れ、劇場の舞台デザインを描こうと思っていた。しかし、表紙に印刷されていた注意書きを読んで、気が変わった。

〈**クヌーズ・ピーダスン**〉太い文字でこう書かれていたんだ。「女性の裸体画《ヌード》を描くのは禁止」わたしはそのスケッチブックのすべてのページに裸《はだか》の女の絵を描いた。そして、翌朝出たおかゆをのりにして部屋中の壁《かべ》にはりつけた。わたしの初めての個展だ。おかげで二か月間、絵を描く道具をとりあげられた。わたしは厄介《やっかい》な囚人《しゅうじん》だったらしい。

●　●　●

一九四二年末のある日、背が高くて足が長く眼鏡《めがね》をかけた男性が、少年たちのもとへやってきて、「わたしはフゴ・ヴォーソー・ピーダスン、ヴォーソー先生と呼んでくれ」といった。刑務所《けいむしょ》が、学生だった少年たちのために教師として呼んだ人物だ。教室には広い部屋が使われた。最初の課題は、中学校で行われている試験を受けることだった。学校で使っていた教科書もオルボーからとりよせられ、毎日、朝食後に一時間、ときには三、四人のグループで勉強をした。科目は、国語、ドイツ語、歴史、代数、幾何《きか》。筆記試験はそれぞれの房《ぼう》で受け、口述試験は教室で受けた。

数か月にわたるきびしい生活のあとにやってきたヴォーソー先生は、さわやかな新風のようだった。少年たちに、人間として話しかけ、有名な詩人を刑務所《けいむしょ》に招《まね》いたり、刑務所《けいむしょ》にかけあって、少年たちの時計や眼鏡《めがね》や家族写真を返させたりした。また、看守《かんしゅ》たちに、少年たちを番号ではなく名前で呼ぶようにいい、そのとおりにする看守《かんしゅ》もでてきた。

〈**クヌーズ・ピーダスン**〉　ヴォーソー先生は、わたしが絵を好きなのを知ってはげましてくれた。美術関係の雑誌を、規則でゆるされている以上にあたえてくれた。日曜日の午後には、わたしたちのためにヘンリック・イプセンの戯曲《ぎきょく》を読んでくれた。すばらしい朗《ろう》読《どく》だった。

クリスマスのシーズンにはとくにわたしたちに親切にしてくれて、それはとてもありがたかった。その年のクリスマスは、わたしたちにとって家族からはなれてすごす初めてのクリスマスだったからだ。家族や友人の思い出が、胸《むね》にあふれてくる。わたしは泣きたかったが、泣き方も忘れていた。夜、独房《どくぼう》の中でクリスマスソングを小さく口ずさんだとき、ようやく泣き方を思い出し、頬《ほお》に涙《なみだ》を感じることができた。知っている歌を全部うたって、翌日は一日中泣いていた。

ヴォーソー先生は、わたしたちが聖なる日を祝うクリスマスイブに、特別なごちそうが出るようにとりはからってくれた。わたしたちは教室に呼び集められて、おいしいポークステーキやデザートをふるまわれた。わたしは雪におおわれた丘の模型を作って教室にかざり、黒板にも雪の降る絵を描いた。

その夜はごちそうを食べすぎたので、翌日のクリスマスの日には、脂肪《しぼう》を吸収するためにニシンのソテーが出された。とにかく、朝から晩《ばん》まですばらしい日だった。翌日、あとかたづけをしていると、わたしの天敵の太った看守《かんしゅ》がこちらをじっとみていた。わたしは自分の作った雪の丘の模型を教室のすみへ移動させた。すると看守《かんしゅ》はようやく教室の向こうから声をかけてきた。

「こわさないよう気をつけろよ、二十八号……来年も使わなきゃいけないんだからな」

それはわたしがまだ一年以上ニュボー刑務所《けいむしょ》ですごさなければならないことを思い出させる残酷《ざんこく》な言葉だった。そんなことをいわなくてもいいのに。看守《かんしゅ》には人間らしい心がなかった。

年が明けてまもなく、ヴォーソー先生は、新しい任務につくためにニュボー刑務所《けいむしょ》を去った。わたしたちは心底、がっかりした。

● ● ●

一九四三年四月、いちばん刑期《けいき》が短かったヘリェ・ミロとモーウンス・トムスンが釈放《しゃくほう》され、家族とともに家へ帰った。残りは五人だ。

四か月後の一九四三年八月末、飛行機の轟音《ごうおん》が鳴りひびいて、囚人《しゅうじん》たちは窓にかけよった。アイギルはこう書いている。

「連合軍の爆撃機《ばくげきき》が大編隊《だいへんたい》を組んで通りすぎた。壮観《そうかん》だった。ようやくドイツ軍も報《むく》いを受けるだろうと思った。三、四時間後、爆撃機《ばくげきき》はもどってきたが、きたときほどの大編隊《だいへんたい》ではなかった」

一九四三年八月二十九日

チャーチルクラブのメンバーが一九四三年八月二十九日に刑務所《けいむしょ》できいた飛行機の轟音《ごうおん》は、デンマーク社会の動乱が原因だった。

一九四三年の春以来、賃金アップを求めるデンマーク人労働者のストライキに、ドイツはいらだちをつのらせていた。ドイツ軍が強硬《きょうこう》手段でストを鎮圧《ちんあつ》すると、三十三の町のデンマーク人が仕事をボイコットした。ドイツは公共の場や日没《にちぼつ》後の集会を禁止したが、デンマーク当局は協力をこばんだ。

八月二十九日、ドイツは苦肉の策《さく》として、デンマーク政府の行政権をうばい、鉄道の駅や発電所、工場、その他の重要施設《しせつ》に軍隊を送りこんだ。少年たちがその後知ったように、ニュボー国立刑務所《けいむしょ》にも部隊が送りこまれた。

●　●　●

　ドイツ軍兵士がライフルを手に刑務所《けいむしょ》内になだれこんできた。少年たちは独房《どくぼう》のなかで重い軍靴《ぐんか》の音をきいたが、何が起こっているのかはわからなかった。窓伝いにうわさが乱れ飛んだ。兵士たちはぼくらをドイツへ連れていくためにやってきたんだ。いや、やつらは武器をかくし持っているデンマーク人を検査《けんさ》してまわってるんだ。それはありそうな話だった。ドイツ軍がデンマーク人から没収《ぼっしゅう》した武器を、ニュボー刑務所《けいむしょ》の巨大なロフトに保管しているといううわさは前々からあった。

　不安な思いで待つこと数時間、看守《かんしゅ》のひとりがやってきて、少年たちに告げた。デンマークの指導者たちがドイツの命令に反抗《はんこう》したため、ドイツが行政権をうばった。デンマーク当局は、もはやドイツの占領《せんりょう》を受けいれない。ドイツによる保護政治は終わりを告げた。少年たちが房《ぼう》できいた音は、ドイツ軍がニュボー・ストランド・ホテルにいたデンマーク兵を攻撃《こうげき》し、連合軍の爆撃機《ばくげきき》がそれに反撃《はんげき》した音だった。

「それが一九四三年八月二十九日にわたしが経験したことだった」アイギルは書いている。「ついに、わたしたちの国は立ちあがった。ノルウェー人と同じ行動に出たのだ」

　しかしそれはニュボー刑務所《けいむしょ》にいる少年たちにとってはとても気になることだった。自

1943年8月、オルボーでデンマーク人とドイツ兵が通りで争っている

分たちはナチスの残虐《ざんぎゃく》な支配者によって、ドイツの刑務所《けいむしょ》に送られるのか？　それとも、ニュボー刑務所《けいむしょ》がゲシュタポによって運営されるのか？　ただ、結果的には、ニュボー国立刑務所《けいむしょ》にはほとんど影響《えいきょう》がなかった。

〈クヌーズ・ピーダスン〉　デンマークの転機は一九四三年八月二十九日だったかもしれない。だが、わたしたちには、ほとんど何の変化もなかった。目にみえて変わったことといえば、房《ぼう》の窓の外にいるデンマーク人の看《かん》守《しゅ》——塀《へい》のレンガを数えながら、行ったり来たりしていた男——が、ヘルメットをかぶってライフルを持ち、軍服を着たドイツ兵にかわったことくらいだ。その兵士もすぐ、デンマーク人の看守《かんしゅ》と同じように、レンガを数えはじめた。

三週間後の一九四三年九月十八日、モーウンス・フィエレロプ――教授――とアイギル・アストロプ＝フレズレクスンが釈放《しゃくほう》された。数か月後にはウフェ・ダーゲトも釈放《しゃくほう》され、ニュボー刑務所《けいむしょ》に残るチャーチルクラブのメンバーはピーダスン兄弟だけになる。ふたりは成人受刑者《じゅけいしゃ》のいる場所に近い別の区画へうつされた。

•
•
•

デンマークのユダヤ人救出

一九四三年九月二十八日、あるドイツ人外交官が、デンマークのレジスタンスのリーダーにひそかに情報をもらした。ナチスがデンマークのユダヤ人をドイツの強制収容所へ送って虐殺《ぎゃくさつ》しようとしているという情報だ。

デンマーク人は即座《そくざ》に、ユダヤ人を海路で中立国スウェーデンへ出国させる全国規模《きぼ》の作戦を開始した。ドイツの計画を知らされたユダヤ人のほとんどが、列車や車や徒歩で、デンマークの町から去っていった。ユダヤ系ではないデンマーク人は、彼らがスウェーデンに移動できるようになるまで、自宅や病院や教会にかくまった。二週間のうちに漁民たちが、ユダヤ人七千二百人と、その家族の非ユダヤ系デンマーク人六百八十人を船にのせ、無事にスウェーデンまで送りとどけた。

チャーチルクラブのメンバーで直接関係があったのはアイギルだけだった。彼の母親はユダヤ人で、家族は非常に心配していた。アイギルがニュボー刑務所《けいむしょ》から釈放《しゃくほう》されてから、たったの十日後のことだったが、アイギルはこう回想している。

1943年10月のデンマークからスウェーデンへのユダヤ人緊急搬送《きんきゅうはんそう》のシーン。1945年のスウェーデン映画で再現されたもの。

「うちの教区の牧師さんが、かくれたほうがいいと助言してくれた……わたしたちは家を出て、友人の家に泊《と》めてもらった。さいわいドイツ人につかまることはなく、数日後には家にもどることができた」

アメリカでは『トゥルー・コミック』というマンガ雑誌の1943年9月号に、チャーチルクラブの活動を大げさに描いた『少年破《は》壊《かい》工作員』というタイトルのマンガが掲《けい》載《さい》された。

16
釈放直後《しゃくほう》

一九四四年五月二十七日、クヌーズとイェンスのピーダスン兄弟は、ニュボー国立刑務《けいむ》所《しょ》から釈放《しゃくほう》された。その数日前、イェンスは独房《どくぼう》で大学入学のための筆記試験を受けた。看守《かんしゅ》たちは成人の囚人《しゅうじん》たちに、三十号は非常に集中力を要するむずかしい試験にとり組んでいると説明した。それに敬意を表して、イェンスの房《ぼう》のある区画全体が、試験の行われている午前中いっぱい、しずかになった。看守《かんしゅ》さえ、鍵《かぎ》をジャラジャラ鳴らすのをひかえた。

イェンスはほぼ満点をとった。ナチスに統制《とうせい》された新聞は、イェンス・ピーダスンは試験を受ける機会をあたえられるべきではないという記事をのせた。そんなことをしたら、破壊《はかい》活動家がデンマークの裁判官《さいばんかん》になる可能性が出てくると書かれていた。

クヌーズとイェンスはそれぞれ二年一か月の刑期《けいき》をつとめた。もう囚人《しゅうじん》二十八号と三十号ではなくなったが、この先ふたりは大きく変化した環境《かんきょう》に適応《てきおう》しなければならなかった。

〈**クヌーズ・ピーダスン**〉刑務所《けいむしょ》ですごした最後の数日間がいかに長かったか、想像するのもむずかしいだろうが、説明するのもむずかしい。時計が本当に進まないんだ。一時間が、その前の一時間の倍に感じられた。ようやく、わたしたちの名前が呼ばれる瞬間《しゅんかん》がきて、独房《どくぼう》のドアが開き、門まで連れていかれた。そこには両親が待っていた。ふたりともわたしたちをみて、ショックを受けたと思う。やせたせいで服はぶかぶかで、髪《かみ》の毛はくしも必要ないくらい短い。母は涙《なみだ》をこらえきれなかった。

四人でニュボーの町を歩いて鉄道の駅までいき、オーゼンセいきの列車に乗った。オーゼンセではクヌーズ・ヒーテロン――わたしたちが最初に抵抗運動《レジスタンス》を始めたRAFクラブの仲間の「クヌーズ小」――が、彼の両親といっしょにあたたかく出むかえてくれた。自動車にのせてもらって――戦時中にはめったにないことだった――わたしたちのために開かれた盛大《せいだい》なパーティに連れていってもらった。テーブルにはデンマークの国旗とカモのローストがならんでいた。なによりすばらしかったのは、庭の菜園でとれたという完熟《かんじゅく》トマトだった。それがあまりにもおいしくてふんだんにあったため、二年間パンとおかゆですごしてきた兄とわたしは、自由の身になって最初の夜の大半を、トイレにかけこんではもどってくるのをくり返すはめになった。

自由を祝う乾杯《かんぱい》のあと、兄とわたしはクヌーズ小といっしょに外へ出て、月明かりの下を散歩した。そこでようやく、ＲＡＦクラブの仲間がどうなったかを知るチャンスがおとずれた。いとこのハンス・イェルゲンはどこにいる？　ハーラル・ホルムは？　まだドイツ軍の兵器を破壊《はかい》しているのか？　みんな無事か？　自由の身でいるのか、それともつかまったのか？

ＲＡＦクラブの消息《しょうそく》をきくのは、ほぼ二年ぶりだった。いとこのハンス・イェルゲンはわたしと同い年で、もう十八歳《さい》だ。わたしたちがオルボーの拘置所《こうちしょ》にいたときはずっと手紙を送ってきて、暗号で書いた戦況《せんきょう》報告をイェンスと交換《こうかん》することができた。しかしその後、ニュボー刑務所《けいむしょ》へうつってからは、音信がとだえた。なぜかハンスはぱったりと手紙をよこさなくなったのだ。彼の最後のメッセージは「これからも続ける」だった。

わたしたち三人はヒーテロン家の家庭菜園のトマトを育てている温室にもどってきた。そこでクヌーズ小は知っていることをすべて打ち明けた。

ＲＡＦクラブはわたしたちが刑務所《けいむしょ》にいるあいだにもメンバーが増え続けた。オーゼンセの学校のクラスメートがどんどん加入したのだ。そして何度も攻撃《こうげき》をくり返した。なかでも最も大きかったのが、オーゼンセの郊外《こうがい》ナエスビュで行ったものだ。ドイツ軍はそこにあった自動車工場を接収し、設備を入れかえて、東部戦線で戦う兵士のための移動式住居にしていた。その工場はＲＡＦの格好の標的《ひょうてき》だった。攻撃《こうげき》の決行日はハンス・クレスチャン・アナスン（日本ではアンデルセンとして知られる）のナイチンゲール祭の夜に決めた。オルボーの市民全員が、デンマークの最も有名な作家をたたえる祭りに夢中になるときだ。

ハンス・イェルゲンほか数名のＲＡＦのメンバーが屋根から工場に侵入《しんにゅう》すると、そこは可燃物の宝庫だった。シンナー、ペンキ、そしてなによりガスボンベ！　第三帝国《ていこく》にすばらしい贈《おく》り物ができる！　ハンス・イェルゲンたちはボロ切れをつみあげ、それにガソリンをかけて、屋根にもどるために立てかけたはしごをのぼった。屋根の上からマッチか、火をつけたボロを下に落とし、そのあと地面に飛びおりて走った。直後に大爆発《だいばくはつ》が起こって建物がゆれた。

そこまで聞いたとき、ほかのパーティ客たちが、もどってこいと呼ぶ声がきこえてきた。だが、続きを聞きのがすわけにはいかない。明日はオルボーへ帰らなくてはならない。いまが真相を知る最後のチャンスだ。わたしたちは人々の呼ぶ声を無視し、外で話の続きをきいた。

クヌーズ・ヒーテロンがピーダスン兄弟に語ったところでは、ＲＡＦクラブのメンバーが十八歳になったとき、イギリスへ渡って英国空軍に入りたいという者が何人かいた。だがそれは容易《ようい》なことではない。まずデンマークからスウェーデンへいき、そこからさらに非合法な手段でイギリスまでいかねばならない。

本人たちは知らなかったが、そのときすでに警察の手が回っていたのだ。ＲＡＦクラブの年少のメンバーのひとりが、おろかにも、デンマーク当局がスウェーデンへの渡航《とこう》を手伝ってくれると信じ、デンマーク警察にあてて、匿名《とくめい》の手紙を出した。その手紙には「オーラ・モーデンスン（ＲＡＦクラブのメンバーのひとり）は、重大な破壊行為《はかいこうい》に関与している」ということと、オーラのフルネームと住所が書かれていた。

数時間のうちにオーラは拘束《こうそく》され、ほかのメンバーは逃亡《とうぼう》した。そのうちのひとりは、警察が自宅の呼び鈴《りん》を鳴らしたとき、窓から飛びだして逃《に》げた。警察に手紙を送った少年は、自転車で逃《に》げたが、追跡《ついせき》されてつかまった。ハンス・イェルゲンは畑をつっ切って逃《に》げようとしたが、デンマーク人の警官に追いつかれた。

●
●
●

つかまったメンバーは、すぐにドイツの軍法会議で有罪判決を受けた。一か月後、彼ら

ハンス・イェルゲン・アナスンが描いたオーゼンセの独房《どくぼう》の絵

は拘置所《こうちしょ》の中でしょんぼりすわっていた。自分たちの運命が決まるのを待ちながら、密告したのはだれだ、と疑いの目で仲間をみた。まもなく、ハンス・イェルゲンたち全員が、ドイツ軍の管理するコペンハーゲンの西部刑《けい》務所《むしょ》へ移送され、政治犯を収容する特別棟《とくべつとう》に入れられた。抵抗運動《レジスタンス》をして有罪が確定した者が入るところだ。

クヌーズ・ヒーテロンは、ピーダスン兄弟とともにパーティ会場にもどる途中《とちゅう》、ハンス・イェルゲンやそのほかの仲間のことがとても心配だといった。西部刑務所《けいむしょ》では、レジスタンスの重罪犯は、特別な場所——のちに「記念公園」と呼ばれるようになる場所——にうつされるということはよく知られていた。そこにうつされた囚人《しゅうじん》は木にくくりつけられて、銃殺《じゅうさつ》されるという。そんなことを考えながら、三人はパーティにもどった。

〈**クヌーズ・ピーダスン**〉テーブル席にもどって、新たなスピーチをきき、勇気をたたえる賛辞をきいた。だが、クヌーズ小の話をきいて、わたしたちは現実に引きもどされた。それは、囚人《しゅうじん》として引きこもっていたために、長いあいだ直面することのなかった現実——わたしたちはまだ敵に占領《せんりょう》されていて、まだ戦っているという現実だった。

最後のスピーチと乾杯《かんぱい》のあと、わたしはその夜泊《と》めてもらう寝室《しんしつ》へ案内された。ドアを閉めてベッドに横たわると、頭がずきずきしてきた。

久しぶりに鉄格子《てつごうし》のない部屋で横になって、まったく新しい人生が始まったようだった。たぶん、その夜、わたしたちの出所を祝うために集まってくれた大人たちは、世間は平和だという印象をあたえたかったのだろう。たとえ短いあいだでも、わたしたちが自由の味を満喫《まんきつ》できるように。だが、眠《ねむ》りに落ちる前の数分間、わたしは仲間のことしか考えられなかった。ハンス・イェルゲンはいまどこにいるんだ？　アルフは？　生きているのか？　眠《ねむ》りに落ちながら、あらためて思い知らされていた。自分たちがまだ不確かな未来への途《と》上《じょう》にあること、まだたくさんやるべき仕事があることを。

秘密の地点に、イギリスの飛行機がデンマークのレジスタンスのために投下した武器コンテナ

17
本物のレジスタンス

翌日の午後、クヌーズとイェンスのピーダスン兄弟は荷物を持って、オーゼンセからのってきた列車をおり、両親がおりるのを手伝った。電車がまた出発すると同時に、一家は洞窟《どうくつ》のような駅の中を歩き、アーチ形の出口を通って、オルボーの明るい通りに出た。

一九四四年五月。なつかしい通りは、ふたりが刑務所《けいむしょ》にいるあいだに、デンマークがすっかり変わったことを物語っていた。かつてドイツ兵に物を売っていた商店主たちは、がらんとした店のショーウィンドーの奥から外をみていた。店の前に立ってほうきで道をはきながら、きょろきょろして、ドイツ人の客がいないかさがしている者もいる。彼らはいまや、裏切り者の烙印《らくいん》をおされていた。

ちょうど二年前、チャーチルクラブのメンバーが逮捕《たいほ》されたとき、彼らのようにドイツの圧制に抵抗《ていこう》する者はほとんどいなかった。ところが、いまや抵抗運動《レジスタンス》は大きな盛《も》りあがりをみせていた。

一九四三年には、前年の八倍の数の破壊行為《はかいこうい》があった。一九四四年には、ドイツの器財に対する攻撃《こうげき》が多発し、ドイツはデンマークを「敵国」と呼んだ。

オルボーの街はレジスタンスの温床《おんしょう》になっていた。家の庭には、外国からひそかに持ちこまれたり、国内で作られたり、ドイツ軍から盗《ぬす》んだりした銃器《じゅうき》がいっぱいうまっていた。持ち運び可能な小さな印刷機で地下新聞が次々に刷《す》られ、ようやく戦争の真実が伝えられるようになった。労働者が大規模《だいきぼ》なストライキを行って、ドイツ当局に反発していた。

イギリスの飛行機が、毎晩《まいばん》、デンマーク中のあらかじめ決められた地点に、武器をつめたコンテナをパラシュートで投下していた。一九四二年、チャーチルクラブのメンバーがつかまってデンマーク国民をおどろかせたとき、ドイツは無敵に見えた。二年後のいま、ようやくノルウェーに近い状態になり、巨人は動揺《どうよう》していた。

ピーダスン一家は歩いて修道院へもどった。荷物をおろし、玄関のドアをたたく。だれかがさけんで、だれかが返事をし、ドアがほんの少し開いた。かと思うと、大きく開いて、何本もの腕《うで》と満面の笑みがクヌーズとイェンスを出むかえた。

まもなくふたりは、オルボーの町でいちばん変わったのはわが家だということを発見した。そこは、まったく落ち着かない、本格的なレジスタンスの支部になっていたのだ。伝令がしょっちゅうやってきて、暗号文のメッセージをとどけたり、受けとったりしていく。破壊《はかい》工作員が修道院の中にかくれ、アジトとして使っている。

父親のイズヴァト・ピーダスンは、クヌーズとイェンスに、非常時の新しい避難《ひなん》経路を誇《ほこ》らしげに案内した。裏口を通って階段をのぼり、二階へあがる――二階には弾《たま》をこめたライフルが一丁、用意されていた――そこからさらに礼拝堂の裏にあるロープを使えば、裏の通りへおりることもできる。

クヌーズはまもなく、家族も変わったことに気づいた。

〈**クヌーズ・ピーダスン**〉母は一家の主になっていた。玄関のドアがノックされて、外にだれがいるのかわからないとき、ドアを開けるのは母だった。父は修道院をレジスタンスの安全なかくれ家として解放したのだから、少しはおとなしくすればいいものを、わたしたちは毎週、危険にさらされていた。というのは日曜日の礼拝で、父はほとんどのしるような口調でドイツ人を非難したからだ。ヒトラー暗殺の企てが失敗したあとの日曜日には、説教壇《せっきょうだん》からこういった。

「まったく、悪運の強いやつだ」

教区の信者たちは、父に口をつつしむよう忠告した。日曜日に信者でいっぱいになる修道院は「報復処刑《しょけい》」の格好の標的《ひょうてき》になるから、と信者たちはいった。「報復処刑《しょけい》」とは、ナチスへの密告者がひとりレジスタンスによって殺された場合に、報復として行われる大量殺人のことだ。

父はその忠告を無視した。レジスタンスから自衛のためにもらった大きなコルト式自動ピストルをふりかざし、修道院にきた友人にみせびらかした。あるとき、父がそのピストルをいじっていると、とつぜん暴発して、本棚《ほんだな》めがけて弾《たま》が飛びだした。弾《たま》は五巻組の『デンマーク人の歴史』の第三巻まで貫通《かんつう》して止まったが、途中《とちゅう》で母の顔の数センチ横をかすめていた。

●
●
●

デンマーク中で破壊《はかい》活動が活発化していた。六月六日、クヌーズとイェンスがニュボー刑務所《けいむしょ》から釈放《しゃくほう》されたほんの二週間後には、レジスタンスの闘士《とうし》たちが、コペンハーゲンの郊外《こうがい》にあるグロープスという工場を爆破《ばくは》して、ロンドンに向けて発射《はっしゃ》されていたV２ロケットの製造をできなくした。

その数日後には、デンマーク人のレジスタンスグループ「市民パルチザン（BOPA）」が、ドイツ軍の機関銃《きかんじゅう》を製造していた武器工場を爆破《ばくは》した。

イェンスは大学進学に向けての勉強に集中していたが、クヌーズはまた本格的にレジスタンスに身を投じたいと思っていた。両親は心配した。クヌーズには活動ではなく休息が必要だと考えていたのだ。一家はなけなしの金をかき集めて、海沿いの小さな村に、避暑《ひしょ》用の別荘を借りた。一家で長い夏の日を、日差しの下で散歩してすごす——それがクヌーズとイェンスの心を癒《い》やすために必要だ。両親はそう考えていた。

〈**クヌーズ・ピーダスン**〉　当初、わたしはまったく途方《とほう》にくれていた。どうすればいいのかわからなかった。かつてなかったほど孤独《こどく》で、恋人がほしかった。家にもどってすぐのころ、ゲレーデに再会したせいで、よけいにそう思ったのかもしれない。ゲレーデに会ったとき、自分はもう彼女に恋していないとすぐにわかった。ゲレーデは通りで自転車にのっていたが、止まってわたしにあいさつした。わたしは二年以上、彼女に思いこがれていたのに、不思議にもそのとき、すべての気持ちがあとかたもなく消えてしまった。いったい自分はどうなってしまったんだろう？

そんなことで悩《なや》んでいたときに、フーロプという海辺の町で、父親とふたりで避暑《ひしょ》にきていた女の子と会った。父親はベランダの椅子《いす》に腰《こし》かけて、ウィスキーグラスを片手に、鼻歌をうたっていた。そのとなりにいた娘が、パトリシャ・ビビュ、黒髪《くろかみ》で、当時十七歳《さい》の美しい女性だった。

わたしたちは言葉を交わしはじめた。すると、彼女はオルボーに住んでいて、司教座聖堂《しきょうざせいどう》学校に通っていることがわかった。イギリス人だが、ドイツのデンマーク侵攻《しんこう》によって、本国へ帰れなくなってしまったのだという。わたしたちは一日中、砂浜で散歩したり、日光浴をしたり、おしゃべりをしたりした。ふたりならんで横になり、あと数センチで指先が触《ふ》れ合いそうになった。ただ、わたしにはその数センチを越《こ》える勇気がなかった。そんなことをしたら、すべて台無しになってしまうのではないかとこわかったのだ。

だが、話はした。実際は、わたしがしゃべって、パトリシャはきいていた。彼女は聞き上手だった。彼女になら、どんなことも話せた。刑務所《けいむしょ》のこと、ドイツに対する破壊《はかい》活動のこと、自分の夢。パトリシャはほがらかに笑い、何でも話して、といった。

彼女といると、わたしは兵士になったような気がした。実際は、戦争中の大半を刑務所《けいむしょ》ですごしていたし、若すぎてどこの軍隊にも入れなかったのだが。わたしは彼女にすべて話してしまいたかった。

パトリシャ・ビビュ。1946年、司《し》教《きょう》座《ざ》聖堂《せいどう》学校の卒業式で。

・・・

パトリシャ・ビビュはクヌーズ・ピーダスンに会いたいと思っていた。

「うちの学校では、だれでもクヌーズのことを知っていたわ。わたしは彼の態度をすばらしいと思ったし、彼はとてもハンサムだった。それで、クヌーズの妹のゲアトルズと友だちになった。ゲアトルズを家に招《まね》いたりして、ピーダスン一家がフーロプへ避暑《ひしょ》にいくということを知ったの。だから父にたのんで、夏の予定を変更して、フーロプへいくようにした。クヌーズとわたしが会ったのは偶然《ぐうぜん》だったけど、わたしがフーロプにいたのは偶然《ぐうぜん》じゃなかったわけ。

わたしはクヌーズの話をきくのも、彼といっしょにいるのも大好きだった。クヌーズはとてもおもしろい人だったわ。はつらつとして、ゆかいだった。彼に好意を感じたかって？　もちろん。背が高くて、すらっとして、おもしろいし、二分に一回はなにかアイデアを思いつくの。ふたりで砂浜に寝転《ねころ》んでいたとき、『スーツケースにちっちゃい車輪を四つつけたらいいんじゃないか？』といったかと思えば、『練り歯みがきが容器からピュッと出てくるようにしたらどうだ？』といったり」

パトリシャによると、クヌーズは自分の抵抗運動《レジスタンス》の経験や、刑務所《けいむしょ》にいたときに、ある女の子のことばかり考えていたことや、ドイツ兵からピストルを盗《ぬす》んだことや、夜に破壊《はかい》活動をしたことも話したという。

「わたしは十七歳《さい》だったけど、まだ子どもで、彼が悩《なや》んでいることや刑務所《けいむしょ》生活が彼の心に大きな傷を残していることを理解することができなかった。だって、彼ったら、刑務所《けいむしょ》のことを、おもしろおかしく話すんだもの。たとえば、看守《かんしゅ》が便器を『おまえのお袋《ふくろ》がいちばん大切にしている花びんみたいにぴかぴかにみがけ』というんだ、とか。わたしは笑ったけど、彼の心の痛《いた》みに気づかなかった。そのときはまだ」

〈**クヌーズ・ピーダスン**〉　その夏のあと、パトリシャは毎日、午後ゲアトルズに会いに修道院をたずねてくるようになった。わたしは彼女のハートを射止《いと》めようとがんばった。

彼女はわたしの部屋にもしょっちゅうきた。わたしは自分の描いた絵をみせ、彼女のためにロマンチックな絵を二枚描いた。

一九四四年から四五年にかけての冬のある夜、パトリシャの父親が亡《な》くなり、彼女は身よりがいなくなった。わたしの母はすぐさまパトリシャに修道院に越《こ》してくるようにいい、彼女はそうした。

パトリシャがうちでくらすようになって、わたしたちの関係は変わった。彼女は妹のような存在になってしまったんだ。それでもわたしは彼女が好きだった。兄がコペンハーゲンの大学から帰ってきて、案《あん》の定《じょう》パトリシャに一目ぼれした。お決まりの展開だ。わたしがほしいと思うものは何でも、兄もほしがる。

ある夜、パトリシャがわたしのところへきて、兄からもらったというプレゼントをみせた。大きな緑の石がついた指輪だ。わたしは言葉につまった。唯一《ゆいいつ》の望みは、パトリシャが兄を好きにならないことだったが、わたしからそうたのむつもりはなかった。それはわたしと彼女の暗黙《あんもく》の了解に反することになる。もし彼女がわたしに話したいことがあれば、彼女のほうからいう。それがわたしたちのやり方だった。

• • •

ある冬の夜、十時ごろに、ピーダスン一家は、修道院の扉《とびら》を激しくたたく音をきいた。ピーダスン氏が用心しながら扉《とびら》をほんの少し開けると、雪をかぶってスキーをはいた若い男が立っていた。激しくあえぎながら、冷たい空気の中で白い息を吐《は》いている。男はコペンハーゲン大学工芸学部の学生で、カール・アウゴスト・アルグレーン・ムラと名乗った。ゲシュタポに追われて、ラナスという村から五十五キロの道のりをスキーでやってきたという。かくれ家として、この修道院の住所をきいてきたらしい。お願いです、かくまってください、とカールはいった。

一家はあたたかくカールをむかえいれ、クヌーズの部屋にベッドをもうひとつ入れてかくまった。

SOE

イギリスの秘密組織「特殊《とくしゅ》作戦実行部隊（ＳＯＥ）」は、ヨーロッパ中のレジスタンス運動に協力していた。デンマークのレジスタンスの活動家は、イギリス式の破壊《はかい》活動の訓練を受けた。ＳＯＥは非常に秩序《ちつじょ》立った組織で、きっちりした指揮命令系統《けいとう》を持っていた。

1945年、イギリスのSOEがデンマークのレジスタンスを支援《しえん》するために投下した武器コンテナ

イギリスは規律を重視した。英国空軍の飛行機は、一九四四年から四五年にかけて、武器をつめたコンテナをデンマーク国内に大量に投下した。それを回収しているところをみつかったデンマーク人は、その場で射《しゃ》殺《さつ》されるか、ドイツの強制収容所へ送られた。

チャーチルクラブのメンバーが一九四二年に逮捕《たいほ》されたとき、デンマーク警察の大半はドイツにとって信《しん》頼《らい》のおける協力者だった。しかしピーダスン兄弟が釈《しゃく》放《ほう》された一九四四年には、デンマーク警察はドイツの命令に従わず、レジスタンスを助けるようになっていた。これもピーダスン兄弟が投獄《とうごく》されていたあいだに大きく情勢が変わったことを示していた。

〈クヌーズ・ピーダスン〉　カールはわたしがあこがれていたレジスタンスの破壊《はかい》工作員だった。彼の仕事は毎晩《まいばん》、わたしの父の執務室《しつむしつ》で、デンマーク向けのＢＢＣのラジオ

カール・アウゴスト・アルグレーン・ムラ

ニュースが流れると同時に始まった。カールはイギリスの特殊《とくしゅ》作戦実行部隊（ＳＯＥ）にあてたメッセージを無線で送った。送信元の住所は毎日変え、オルボーのさまざまな住所を使ったが、不思議なことに、修道院の住所は一度も使わなかった。

一方、イギリス人の指揮官たちは、ラジオ放送を通じて暗号文を送った。たとえば「おばあさんが紅茶を飲みたがっている」とか「自転車の前輪の空気がぬけている」とか。それぞれの暗号文は、レジスタンス部隊の作戦行動を伝えていた。「おばあさんが紅茶を飲みたがっている」というのは、「（どこそこの）農場に、午後九時にいけ。そこにＲＡＦの飛行機が武器を投下する」という意味だ。

これらの通信と供給される武器は、デン

マークのレジスタンスの生命線だった。カールはメッセージをできるだけ早く送った。ゲシュタポが電波の追跡《ついせき》アンテナを肩にかついで歩きまわり、レジスタンスのメッセージがどこから発信されているのか、つきとめようとしていたからだ。カールは有名な工作員で、ゲシュタポが必死で追っていた。

わたしはカールと友だちになったが、秘密を打ち明け合える関係ではなかった。毎日、午後になると、カールは外出したが、どこへいくかは決していわなかったし、わたしもきかなかった。またカールが出かける前には、彼の上司がいつもたずねてきた。トレンチコートを着た男性で、その日ロンドンに送る暗号文の原稿《げんこう》をカールに渡しにくるのだ。

夜になると、カールとわたしはベッドに横になって話をした。わたしはちゃんとしたレジスタンス組織に入りたくてしかたがなく、自分で考えた破壊《はかい》工作のアイデアを全部カールに話した。ある夜、わたしたちは鉄橋の上から爆弾《ばくだん》を投げるアイデアについて話し合っていた。わたしは、ドイツ軍がデンマーク人の囚人《しゅうじん》をつねに先頭車両にのせているので、少なくとも三両目が通過するまで待たなくてはならない、といった。カールはほほえんできいていた。

わたしたちの会話は、窓の外に車が近づく音がするたびに、ぴたりとやんだ。修道院は通りの角にあったので、どんな車も曲がるために修道院の前でギアを落とさなければならない。ヘッドライトが角をなめるようにしてゆっくりと移動していく。あれはスピードを落としているだけか？　それとも止まるのか？　横になったまま、カールといっしょに車の音をききながら、わたしは初めて恐怖《きょうふ》を感じた。チャーチルクラブで活動していたときは、恐怖《きょうふ》なんか感じたことはなかった。たぶん刑務所《けいむしょ》がわたしを変えたのだろう。ハイオクガソリンで走る自家用車のなめらかなエンジン音をきくたびに、わたしはこう思った。「あんな車に乗っているのはゲシュタポか医者しかいない」わたしたちの耳はかすかな音にも反応した。エンジンが止まったら、大急ぎで逃《に》げなければいけない。だからヘッドライトが通るたびに、頭をあげて外をのぞいた。とてもおそろしかった。

ある晩《ばん》、カールはもどってこなかった。そして、そのままいなくなった。数か月たって、デンマークが解放された日の直後、わたしはカールの消息《しょうそく》を知った。敵に追われて階段をのぼって逃《に》げようとしていたときに、ゲシュタポの捜査官《そうさかん》にかこまれ、そのうちふたりを射殺《しゃさつ》したあと、頭を撃《う》ちぬいたという。

解放後、カールの遺体《いたい》が軍用空港でみつかった。カールは自分の両親にあてた遺書を持っていた。わたしは身元確認のために呼ばれていったが、遺体《いたい》はひどい有様で、手足を針金でしばられていた。わたしたちはその遺体《いたい》を修道院の礼拝堂に運びいれた。

数日後、わたしはカールの遺体《いたい》とともに車にのり、彼の故郷の小さな村へいった。カールの実家へ続く通りでは、沿道に花がかざられ、あちこちで半旗がかかげられていた。のちにわかったことだが、カールはうちの家族が全員、地下活動に関わっていることを知ったとき、上司に、うちから出ていかせてほしいとたのんだそうだ。わたしたちを助けるための決断だったのだ。

カール・アウゴスト・アルグレーン・ムラの遺書《いしょ》

母さん、父さん、

ぼくはもうすぐ死にます。とてもこわいです。でも、祖国のために戦うデンマーク人として、キリスト教徒として、立派に死ねるように、神が力をあたえてくださると信じています。

おふたりに神の祝福がありますように。ぼくは精一杯がんばったつもりです。つかまるよりは死を選びます。やつらはもうそこまできていて、ぼくはこれからやつらと対決します。

魂《たましい》を神にゆだねます。

カール

武器投下

一九四三年の初め、デンマークのレジスタンスとイギリスの秘密組織ＳＯＥが連携《れんけい》するために、スウェーデンのストックホルムに連絡所《れんらくじょ》が設立された。おもな目的は、協力してデンマークへの武器の投下を行うことだった。投下された武器を最初に受けとるのは、デンマークの北端《ほくたん》、ユラン半島の農民たちだ。指示はラジオ放送で流される暗号文で出された。

決行の夜、農民は人気のない暗い荒地で、飛行機の低いエンジン音がきこえてくるのを待つ。低空で飛んでくる飛行機に懐中電灯《かいちゅうでんとう》で合図してから、直径六メートルのパラシュートにくくりつけられてゆっくり降下してくる物体に向かって走る。そして武器の入った容器をこっそり持ち去るのだ。同じ飛行機の音をきいたドイツ兵たちが反応する前に、すみやかに行わなくてはならなかった。

●　●　●

チャーチルクラブの少年たちは、釈放後《しゃくほう》に集まることはなく、それぞれ新しい生活を送った。一九四三年、ヘリェ・ミロとアイギル・アストロープ＝フレズレクスンは司教座《しきょうざ》聖堂《せいどう》学校の十一年生に編入して、勉強を続けようとした。教職員たちはふたりを復学させるかどうかで意見が割れた。あるクラスメートの回想によると、ヘリェが初めて英語の授業を受けた日、ナチスの支持者として知られていた教師が、もったいぶった口調でヘリェにたずねた。

「新顔がいるようだな……おまえはだれだ？」

「ヘリェ・ミロです」

「どこからきた？」

「ニュボー……ニュボー国立刑務所《けいむしょ》です」

教師はまるで、教室にほかにだれもいないかのように、大声で説教しはじめ、ヘリェを「道をあやまった若者」と呼んで激しく非難した。

モーウンス・フィエレロプ――教授――も司教座《しきょうざ》聖堂《せいどう》学校にもどった。復学を許可《きょか》される前に、学校には決してめいわくはかけないと誓約《せいやく》するよう求められた。「そんなことを誓約《せいやく》するべきではなかったと思う」モーウンスはのちにそう書いている。

だが彼は誓約《せいやく》した。チャーチルクラブにはもう何の意味もなかった。レジスタンスはいまやプロが効率的《こうりつてき》に行うものになっていたのだ。

「(十代の少年たちによる)無鉄砲《むてっぽう》なグループには、もう出番がなかった」とモーウンスは書いている。しかし彼はあの高揚感《こうようかん》が忘れられなかった。「だが、時間はすぎていった。刑務所《けいむしょ》にいたころと同じくらい、のろのろと」

アイギルはオルボーで順調なスタートを切った。ナチスがデンマークでユダヤ人狩りをしようとしたときは、家族が無事のがれることができて、心からほっとした。もっとうれしかったのは、恋人のビエテが待っていてくれたことだ。司教座聖堂《しきょうざせいどう》学校の毎日も、最初は居心地がよかった。だが、もちろんたいくつだった。

そしてある日、友だちのひとりが、レジスタンスの仕事に興味はないかとたずねてきた。アイギルが思わず興味があると答えると、ある部隊に配属され、武器をあつかう訓練を受けて、秘密のメッセージをあちこちに運ぶ仕事をあたえられた。

何度かうまく任務を果たしたあと、アイギルはスウェーデンへ書類を運ぶようにいわれた。ひとりの老人と、もうひとりの同年代の少年といっしょに船にのっていく予定だった。出発の前の夜、その書類がアイギルの祖父の家へとどけられた。翌朝早く、ゲシュタポが靴《くつ》音《おと》をひびかせて階段をかけあがってきた。激しくドアをたたく音がして、開けろというどなり声がきこえてくる。アイギルは靴《くつ》の中に書類をかくして、三階の窓から屋根の上に出た。ゲシュタポの捜査官《そうさかん》たちがすぐあとを追ってくる。まもなく追いつめられたアイギルは、祈りをつぶやいて飛びおりた。物置小屋の屋根におりるつもりだったが、失敗して舗《ほ》道《どう》に落ち、足を折って、また逮捕《たいほ》された。今度はドイツ軍が管理する病院へ送られた。

一九四四年の夏休みのあと、クヌーズも司教座聖堂《しきょうざせいどう》学校にもどったが、勉強に身が入らなかった。長く収監《しゅうかん》されていたため、彼はほかのチャーチルクラブのメンバーよりひとつ下の学年に入っていた。

「クヌーズは学校に本も持っていきませんでした」パトリシャ・ビビュはのちにそう語っている。「彼は芸術家であり、画家でした。刑務所《けいむしょ》でミルトンの『失楽園』をデンマーク語に翻訳《ほんやく》した若者でした。高校へもどるには成熟《せいじゅく》しすぎていたのです」

クヌーズはろくに仲間と会えなかった。イェンスはコペンハーゲンで大学に通っていた。アルフとカイのホウルベア兄弟とクヌーズ・ホアンボーは、まだ刑務所《けいむしょ》にいた（ただし、ホウルベア兄弟は六か月ドイツに送られたあとデンマークにもどっていた）。ハンス・イェルゲンはナチスにつかまって、苦しんでいるにちがいなかった――まだ生きていたらの話だが。

クヌーズは秘密組織SOEが率いるレジスタンス組織に入りたくてしょうがなかったが、どうしても入れなかった。オルボーでチャーチルクラブのリーダーとして有名だったクヌーズは、プロのレジスタンスにとって危険人物と思われていたのだ。

時代は変わった。新しい抵抗運動《レジスタンス》は規律の上に成り立っている。クヌーズ・ピーダスンは、命令に従えるか？ 感情をおさえられるか？ 指揮系統《しきけいとう》の中で、任務を果たせるか？

クヌーズはさまざまなつてを使ったが、どこにも入れなかった。気力がなえ、自信がなくなってきた。

「クヌーズのお母さんから二度電話がかかってきました」パトリシャは回想する。「クヌーズが部屋にこもって出てこないというのです。『なんとかできないか、様子をみにきてくれない？』とお母さんにいわれました。わたしは彼に部屋の外から話しかけ、ドアを開けさせようとしました。クヌーズは自作の絵や書き物をやぶってしまって、できが悪い、何の価値もないとぼやいていました。自分に価値がないと感じていたのです。ひどい落ちこみようでした。わたしたちはよく話し合いました」

ある日の午後、クヌーズが散歩をしていると、中心街にあるゲシュタポの本部ビルの前に人が集まっていた。人垣《ひとがき》の後ろからながめていたときに、ビルの前の通りのマンホールに目が引きつけられ、あるアイデアが浮《う》かんだ。

レジスタンスの資金調達係：ゲアトルズ・ピーダスン、パトリシャ・ビビュ、インガ・ヴァズ・ハンスン

パトリシャ・ビビュは、クヌーズの妹ゲアトルズと、その友人インガ・ヴァズ・ハンスンとともに、レジスタンスのための有能な資金調達係となった。三人の少女は、ドイツの宣伝活動に対抗《たいこう》する地下新聞のために資金を調達しないかというクヌーズの提案《ていあん》に飛びついた。少女たちは三人いっしょにオルボーの裕福《ゆうふく》な市民——たいていは実業家だった——をたずね、しばらくおしゃべりをしたあと、募金への協力を願いでた。問題は、相手がレジスタンスに共感しているかどうかわからないことだ。自分たち、あるいは組織の上司が危険を感じたときは、身をかくすようにといわれていた。

「わたしたちはいつもいっしょにかくれました」パトリシャ・ビビュはそういっている。「かくれているあいだも、週に一度は無事を知らせるために、教会の墓地で父に会っていました。おたがい、目も合わさず、話もせずに通りすぎるだけでしたけど」

寄付《きふ》をした金持ちは、自分の金が本当にちゃんとしたレジスタンスに渡ったのかどうか、疑っていた。少女たちは、彼らに暗号名をあたえ、その名前が地下新聞の『自由なデン《フリット・ダン》

マーク《マルク》』紙の所定のページにのると約束した。それが秘密の領収書になるのだ。インガは寄付者《きふしゃ》の暗号名を暗記し、決して紙に書くことはなかった。

三人は抵抗運動《レジスタンス》のために多額の資金を集めた。

〈**クヌーズ・ピーダスン**〉『オリバー・ツイスト』の映画でみたことを思い出したんだ。ロンドンの下水道は大きなトンネルのようになっていて、人が歩いていた。オルボーの下水道トンネルは、きっとゲシュタポ本部の下も通っているだろうとわたしは思った。そんなことを考えながら歩いていくと、少し先でおもちゃ屋の前を通りかかった。立ち止まってショーウィンドーをのぞきこむと、電気じかけの鉄道模型がかざってあった。そこで思いついたんだ。蒸気機関車の模型にPE2ダイナマイトをつんだ貨車を三、四台つなげて、ゲシュタポのビルの下に敷いた模型の線路の上を走らせたら、うまくいくんじゃないか。

そんなことを考えるくらい、わたしはレジスタンスの一員になりたくてしかたなかった。もちろん頭の中では、ばかげた考えだ、うまくいくはずがないとわかっている。だが、刑務所《けいむしょ》から家へもどって以来、ずっと秘密組織SOEが作ったレジスタンス組織に入ろうとして失敗してきた。理由はいつもいっしょ。「危険人物」とみなされていたからだ。

おもちゃ屋から、オルボーの市役所ビルまで歩いていった。役所の技術課をたずねて、ウスタ通りの下水道の設計図はあるかときいた。

「何に使うんだ？」職員がたずねた。

「土管の大きさを調べたいんです」

「なるほど。パリの下水道みたいに、歩きまわれると思っているんだな」

あたりにいた若いエンジニアたちが集まってきて、みんな笑っていた。ところが、カウンターの奥の部屋のドアが開いていて、そこにちらっとみえたエンジニアの上役らしき人物はちっとも笑っていなかった。

その人物は、オルボーにある秘密組織ＳＯＥのレジスタンス組織「キングズ・カンパニー（Ｋカンパニー）」のトップだった。彼はわたしのことをよく知っていた。わたしが帰ったあと、彼はやはりＫカンパニーのメンバーである同僚《どうりょう》にいった。

「ピーダスンは野放しにしておくより、組織に入れてしまったほうがいい」

翌日、ひとりの男性がやってきて、レジスタンスで部隊の指揮《しき》をとらないかと申し出た。こうしてわたしはＫカンパニーのＢ地区第四部隊のリーダーになった。わたしたちの仕事は、武器、弾薬《だんやく》、爆発物《ばくはつぶつ》を秘密のかくし場所から別の場所へ移動させ、ドイツ軍にみつからないようにすることだった。ついにわたしは武器をあつかう訓練を受け、短機関銃《たんきかんじゅう》を分解したり、組み立てたりする方法も学んだ。パイナップルのような形のアメリカ製の手りゅう弾《だん》の使い方も教わった。このときなら、チャーチルクラブで盗《ぬす》んだ品を使うこともできただろう。

わたしたちの最初の任務は、オルボーのはずれの教会にかくしてある武器を、市の反対側の修道院へうつすことだった。とても危険な任務だった。ドイツ軍はその教会の向かい側にある学校を接収して使っていたからだ。そこでは一日中、若い兵士が窓ぎわにすわって、タバコをすったり笑ったりしながら、外で起こっていることをすべてみていた――わたしたちが何度も教会に出入りして、黒い紙に包んだ大きな荷物を自転車にのせて運んでいるところも。

わたしの部隊が結成されてから数日後のある日の午後、部下のひとりがゲシュタポにつかまったらしいといううわさをきいた。ゲシュタポはその部下を拷問《ごうもん》して、情報を聞きだすだろう。ただちに武器を移動させなくてはならない。わたしたちは、教会の床板《ゆかいた》をはずして、武器をとりだし、黒い紙に包んで運びだそうとした。

そのときドアを激しく打ち鳴らす音がした。銃《じゅう》や手りゅう弾《だん》などが、そこら中に無造作《むぞうさ》におかれている。ドアをたたく音はやまない。部下のひとりが短機関銃《たんきかんじゅう》の包みを開け、祭《さい》壇《だん》を背にしてかまえた。もうひとりは武器をつかんで説教壇《せっきょうだん》の後ろにかくれた。鼓動《こどう》が激しくなった。わたしがドアを開けると、聖歌隊のメンバーがひとり立っていた。

「練習の時間なんです」と彼はいった。だが、教会の中をみてすぐに状況《じょうきょう》を理解し、何か手伝いましょうかといった。わたしは、みんなに練習が中止になったと連絡《れんらく》してもらえれば、とてもありがたいといった。わたしたちは夕方までに三十五人分のライフルをふくめ、すべての武器を修道院の礼拝堂へ移動させた。

一九四五年五月四日の晩《ばん》、外の通りにいたとき、ある建物の開け放たれた窓から、ラジオの大きな音がきこえてきた。アナウンサーが、ドイツ軍は降伏《こうふく》し、明日の朝、わが国は解放されるだろうと告げていた。人々が明かりをつけたり消したりして歓声《かんせい》をあげ、おどりだしたり、通りへかけ出してきたりした。まもなく、わたしたちの部隊は、修道院へ集合するようにという指示を受けた。三十五名のメンバーが全員やってきた。しばらくここで待機するようにという命令だった。翌朝早く、わたしの部隊はオルボーの空港——ドイツにうばわれた重要な施設《しせつ》——を占拠《せんきょ》することになっていた。

その夜、すべての武器を礼拝堂から、うちの応接間へ運んだ。バズーカ砲《ほう》やライフルのオイルの強いにおいが、応接間から居間までただよってくる。全部を運び終えたとき、母がコーヒーをいれてくれて、父は聖歌集をみんなに配った。チャーチルクラブが産声《うぶごえ》をあげた部屋からほんの数メートルの修道院の礼拝堂で、Kカンパニーの部隊員たちといっしょに聖歌を歌いながら、わたしは終戦のときをむかえた。十八歳《さい》だった。

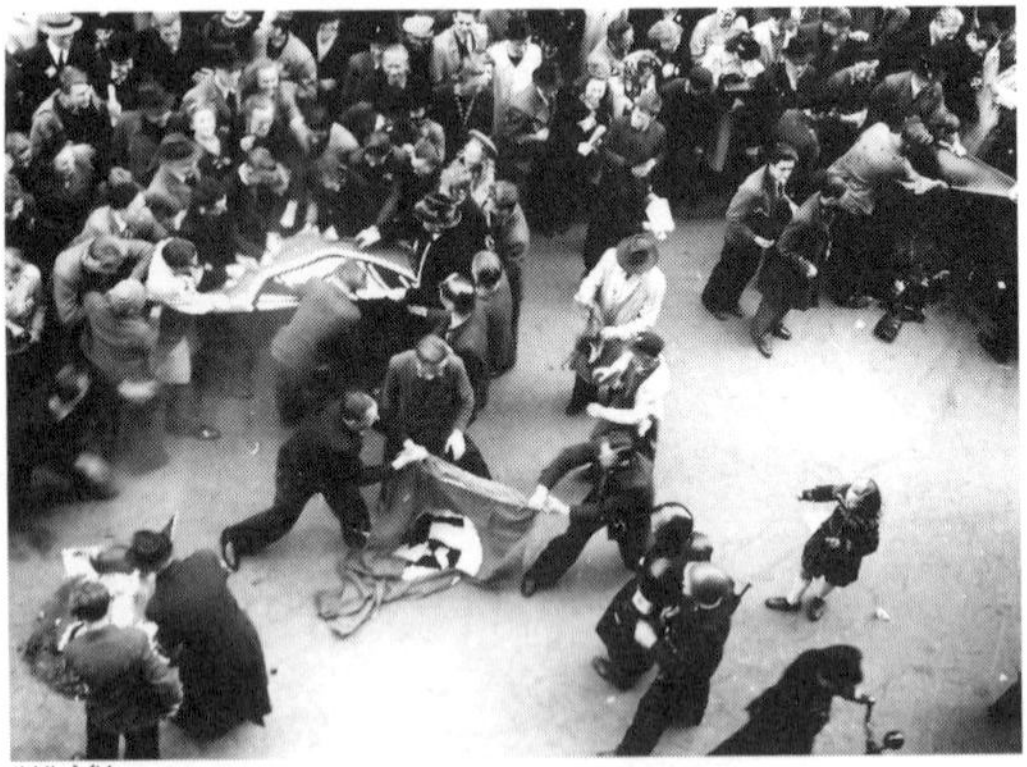
占領軍《せんりょうぐん》の旗を破いたり燃やしたりするデンマーク人

解放！

一九四五年五月四日、午後八時三十分、デンマーク人のアナウンサー、ヨハネス・G・セアアンスンは、BBCの夜のニュース番組の最中に、一瞬《いっしゅん》間をおいてから、受けとったばかりの電報を読みあげた。たった二文だった。

モントゴメリー陸軍元帥《げんすい》は、北西ドイツ、オランダ、デンマークにおける全ドイツ軍の降伏《こうふく》を発表した。降伏《こうふく》は明朝八時に発効する。

五年におよぶドイツの占領《せんりょう》は終わった。デンマーク人はあらゆる場所で通りに出て、笑ったり、泣いたり、おどったり、歌ったりした。人々は灯火《とうか》管制のための暗幕を窓からはぎとって通りで燃やすと、かわりに、喜びを表すロウソクを窓辺においた。

1945年5月5日、解放の日

18
チャーチル氏との夕べ

解放のあと、デンマークには、被占領《ひせんりょう》国家から自由国家へ移行するという課題があった。ドイツ兵の中には降伏《こうふく》を拒否《きょひ》する者もいた。また、デンマーク人のナチス党員は、同胞《どうほう》からきらわれ、行き場を失って、とことん戦うしかなくなった。解放後の数週間は、数千人のドイツ兵がデンマークに居残り、まだ実権をにぎっている場合もあった。ドイツは世界のほかの地域ではまだ戦争を続けていて、ドイツ国内の多くの都市は連合国の激しい爆撃《ばくげき》を受けて廃墟《はいきょ》と化している。そんな祖国へ、彼らは帰りたくなかったのだ。

だが最終的に、ほとんどのドイツ兵が国境で武器をおいてデンマークから出ていった。解放後、数週間のうちに、一万五千人がドイツへの協力者として告発され、逮捕《たいほ》されて、デンマークの裁判所《さいばんしょ》で裁《さば》かれた。そのうち一万三千五百二十一人が有罪となり、四十六人が死刑《しけい》になった。

レジスタンス組織は、すみやかに政府の諸《しょ》機関がデンマーク人によって運営される手助けをすることになった。クヌーズ・ピーダスンはKカンパニーの部隊長として、部下をひきいてオルボーの民間空港へいき、ドイツ人による管理からデンマーク人による管理への移行を見守るよう命令された。クヌーズは、移行の手続きはすでに進行しているものと思っていた。ところが、空港に着いてみると、おどろいたことに、そこはまだドイツ人によって管理されていた。

デンマーク人の市民は占領下《せんりょうか》でずっとやってきたように、ドイツ人の管理官たちに身分証明書をみせていたのだ。クヌーズの部隊は早速改革《かいかく》に着手した。

〈**クヌーズ・ピーダスン**〉わたしは彼らの身分証明書をすべて没収《ぼっしゅう》するよう命じ、ドイツ人従業員に二時間以内に荷物をまとめて出ていくようにいい渡した。ドイツ人の責任者がかんかんになって出てきたが、わたしは彼に、出ていけといってやった。すると数分後、空港のあちこちから、たくさんの車がこちらにやってきた。イギリス兵をのせた英国製の軍用軽自動車や、デンマークのレジスタンスの幹部をのせた車だ。

デンマークを去るドイツ軍

わたしは上官から、さっきの命令を撤回《てっかい》して、全員の身分証を返すように命令された。わたしは車にのせられ、本部に連れていかれて説教をされた。

越権行為《えっけんこうい》だ、と上官はいった。命令からはずれた行動をとったというのだ。

「これからはちゃんと命令に従うように」

わたしは拒否《きょひ》した。

そんな命令に従えるもんか。空港での一件は、レジスタンスの一部が堕落《だらく》してしまった証拠《しょうこ》で、わたしはそれをじかに目撃《もくげき》したのだ。やがて、デンマーク当局がいくつかの刑務所《けいむしょ》からドイツへの協力者を釈放《しゃくほう》したという話もきこえてきた。わたしたちは何のために戦ってきたんだ?

ほかの部隊長の中にも、同じ不満を抱いて

ナチスに協力した疑いでデンマーク警察に逮《たい》捕《ほ》される人

いる者がいた。わたしは彼らといっしょに、政権の移行を適切に行うための五つの要求をまとめた。

1．すべてのドイツ人を収監《しゅうかん》する。
2．ドイツとの交易を中止する。
3．ドイツに協力した者はただちに逮《たい》捕《ほ》する。
4．ドイツ軍兵士の食糧《しょくりょう》は配給制にする。
5．レジスタンス組織内部の腐敗《ふはい》を根絶する。

わたしはそのリストを印刷屋に持っていった。業者はそそくさと部屋から出ていって、警察を呼んだ。わたしは上官にみつかって、部隊長を解任され、武器や弾薬《だんやく》もとりあげられた。こうしてわたしはまた、組織から放りだされた。レジスタンスには何の未来も見いだせなかった。わたしはふさぎこんで修道院へもどり、これからどうするか考えた。しかしいい考えはまったく浮《う》かばなかった。

数日後、わたしがまだ暗い雲の中にいた午後のこと、おどろいたことに、Kカンパニーの車が修道院の前で急ブレーキをかけて止まった。数日前にわたしを追放した男たちが、なれなれしく声をかけてきて、短機関銃《たんきかんじゅう》と弾薬《だんやく》と階級章を返してくれた。いったいどういうことだ？

じつは、デンマーク駐留《ちゅうりゅう》イギリス軍の総司令官リチャード・デューイング少将が助けにきてくれたのだ——といっても、本人にそんなつもりはなく、デンマーク解放が実現したいま、デンマークにおけるレジスタンスの先駆《さきが》けとして有名なチャーチルクラブのメンバーに会いたいと思ったのだ。そして、近くオルボーを訪問する予定だったので、できるだけ多くのチャーチルクラブのメンバーを集めて、所定の日時にフェニックスホテルで面会できるよう手配してほしい、と部下に命じたのだ。

わたしたちはみんな、びっくりした。ウフェ・ダーゲトがこんな話をした。ある日、英国空軍の飛行機がドイツにいたウフェの職場に現れた。その飛行機のパイロットは、ウフェをオルボーへ連れていくよう命令されていて、何の説明もなく、「さあ、いこう」と

デューイング少将とチャーチルクラブのメンバーの面会。少将はテーブルの上座《かみざ》、クヌーズはそのすぐ右どなりにいる。

声をかけてきたらしい。ヘリェもウフェも教授もアルフも、全員が同じような経験をしていた。

会見の当日、わたしたちはホテルの食堂の細長いテーブル席についた。デューイング少将は同じ席の上座《かみざ》について、わたしたち全員の名をひとりひとり呼んであいさつをした。そして、オーゼンセからオルボー、ニュボー国立刑務所《けいむしょ》やその後のことまで、話を全部ききたいといった。

そこでわたしたちはそれまでのことを、怒《いか》れる中学生だったころのことから、どんどん大胆《だいたん》な破壊《はかい》活動を行い刑務所《けいむしょ》に収監《しゅうかん》されたことまで、くわしく語った。空港のフクス建築会社の事務所を深夜に襲《おそ》ったことも話し、そのとき額に入ったヒトラーの写真をふみつけてせいせいしたことも思い出して話した。武器を盗《ぬす》んだこと、自動車をこわしたこと、鉄道の貨車を丸焼きにしたことも話した。

デューイング少将が声をあげて笑ったのは、ハンス王通り拘置所《こうちしょ》の房《ぼう》の窓の鉄棒《てつぼう》を切って、ダミーをこしらえたことを話したときだ。少将は次々に質問をした。最後に椅子《いす》から立ちあがると、「じつにすばらしい。チャーチル氏に伝えよう」といって、わたしたちに敬礼した。

●　●　●

ウィンストン・チャーチルはたしかにその話をきいたが、おそらくデューイング少将からではなかったと思われる。五年後の一九五〇年秋、デンマークでは、戦時中のことについての関心がうすれはじめていた。解放後の二、三年は、ドイツに協力した裏切り者を糾《きゅう》弾《だん》し、厳罰《げんばつ》を求める声が高かったが、そのころには国民の間にも、ほどほどのところでやめにしようという雰囲気《ふんいき》があった。おそろしい時代はようやくすぎ去り、太陽がまた輝《かがや》きはじめた。チャーチルクラブのメンバーもちりぢりになり、一度も会っていなかった。ほとんどのメンバーは就職したり、結婚《けっこん》したりしていた。

〈クヌーズ・ピーダスン〉　わたしはコペンハーゲンに住んでいた。そのころは法科大学院でいくつかの授業をとっていたが、本当に好きなことは、あいかわらず美術だった。可能なかぎりの時間を、絵を描くことに費《つい》やしていた。夜遅《おそ》くまで話しこんで、新しい芸術の潮流について議論したり、学んだりした。当時のコペンハーゲンの学生、とくに美学生はみなそうだったが、わたしも貧《まず》しくて、コーヒーもろくに飲めなかった。生活費をかせぐため、毎朝五時に起きて新聞配達をしたり、ビール工場であきびんを仕分ける仕事をしたりした。ニュボー刑務所《けいむしょ》での作業と同じくらい大変だった。

ある晩、授業が終わって、友人に会うために町の広場を急いで横切っていたときに、新聞社のビルの上でまわっている電光掲示板《けいじばん》をふと見あげると、「チャーチルクラブ、ウィンストン・チャーチルと会見」と書いてあった。

わたしは立ち止まった。人々が急ぎ足でわきを通りすぎていく。まるでせせらぎの中の石になったようだ。ふらふら歩いて、広場のまん中にあった電話ボックスにたどり着いたが、家に電話する金がない。そのとき、新聞社のとなりのホテルの前に、大きな白い垂《た》れ幕がかかっているのに気づいた。「チャーチルクラブ会見本部」と書いてある。わたしはホテルのフロントへいって、そこにいた女性に自分の名前を告げ、電話を借りたいといった。女性は「みんな一日中、あなたをさがしてたんですよ」といった。

かつての仲間たちが、その夜から翌日の朝にかけて、次々と到着した。残念なことに、兄はエンジニアとしてインドで働いていて、出席することができなかった。メンバーの幾《いく》人《にん》かはまだ大学生で、おたがいの近況《きんきょう》を知っている者たちもいたが、わたしはほとんどだれとも連絡《れんらく》をとっていなかった。すでに父親になっている者もいて、わたしもいずれそうなりたいと思っていた。

● ● ●

ウィンストン・チャーチル卿《きょう》がコペンハーゲンにきたのは、ヨーロッパ文化に対するすぐれた貢献《こうけん》をたたえる賞を受けとるためだった。その授賞式は、翌日の夜、三千人を収容できるKBホールで開かれることになっていた。

チャーチルクラブのメンバーは、いったいなぜ、こんなことになったのか不思議に思いながらも、注目を集めたことやチャーチルに会う機会を得たことを素直《すなお》に喜んだ。

会見のスポンサーは新聞社で、記者やカメラマンは、このイベントを宣伝するために次々とアイデアを出した。その中には、チャーチルクラブのメンバー全員にチャーチルがお気に入りの大きな葉巻をあたえて、それをすっているところを写真に撮《と》るというものもあった。

翌日、ウィンストン・チャーチルは家族とともに、王宮でデンマーク王と昼食をとり、チャーチルクラブのメンバーはホテルで彼らのために開かれた午餐会《ごさんかい》を楽しんだ。会の司会進行はエベ・ムンク。イギリスの破壊《はかい》工作の秘密組織ＳＯＥとデンマーク軍情報部の仲《ちゅう》介《かい》役をつとめたレジスタンスの英雄だ。

ムンクがスピーチをしたとき、チャーチルクラブのメンバーは、なぜ自分たちがこのような機会に恵まれたのか、ようやくわかった。

〈**クヌーズ・ピーダスン**〉　エベ・ムンクは二日前に、北海を横断してロンドンからコペンハーゲンに向かう飛行機の中でチャーチルととなり合わせた。そのときムンクはチャーチルにわたしたちのことを話す機会を得た。わたしたちのグループがなぜ、どのようにして作られ、どんなことをしたのか、なぜグループの名をチャーチルクラブとしたのか。それらをきいてチャーチルは感動し、わたしたちの貢献《こうけん》に感謝したいと強く思ったらしい。それにはいまがチャンスだ——この次いつデンマークにくるかわからないのだから。「チャーチルクラブのメンバーをできるだけたくさん集めてくれ」とチャーチルはエベ・ムンクにいった。それが、わたしたちが大急ぎでこのコペンハーゲンのホテルに集められた理由だった。

チャーチルクラブのメンバーの前を歩くウィンストン・チャーチル

チャーチルは受賞演説でチャーチルクラブに言及《げんきゅう》することはできなかった。そのかわり、スピーチの直前、聴衆《ちょうしゅう》の前を歩いていくときに、わたしたちにあいさつしたいといった。将軍が視察旅行で兵士の隊列の前を歩くような形で、わたしたちに感謝の意を表したいというのだ。

じつは、その大切な瞬間《しゅんかん》、わたしはそこにいなかった。チャーチルが目の前を歩くのをみる機会をのがしたのだ。というのは、わたしはほかのメンバーからはぐれ、まちがって別の広間に入ってしまったからだ。それはVIP用の部屋で、チャーチルと夫人と高官たちがいた。そこへ入っていったとき、わたしは彼からほんの二メートルのところにいた。わたしたちの目が一瞬《いっしゅん》合った。いたずら好きの親友の目をのぞきこんだような感じがした。まるで目配せをするように、その目はこういっているようだった。「わたしに関する話を全部信じちゃいけないぞ」

チャーチルの横にいた案内係が、ちょっとお辞儀《じぎ》をしていった。

「招待状をお持ちですか？」

わたしはポケットから招待状を出して渡した。目を通していなかったので、なんと書いてあるのか知らなかった。何が書かれていたにしろ、それが奇跡《きせき》を呼んだ。案内係は招待状を返すと、わたしをVIPのためのボックス席へ連れていった。左どなりは王室を代表してやってきたクヌーズ王子。右どなりはデンマーク陸海空軍のすべてを統率《とうそつ》するエアハート・J・C・クヴィストゴー提督《ていとく》だ。

チャーチルの受賞演説のために照明が落ちたとき、わたしはポケットから招待状を出して目に近づけた。そこに書かれているどんな言葉が、わたしをこんな上席に導《みちび》いたのか知りたかったからだ。

それはシンプルな名刺《めいし》だった。わたしの名前と、その下に肩書きが書かれている。それはわたしをデンマークのふたつの監獄《かんごく》へ送った肩書きだった。人間味のない看守《かんしゅ》に番号で呼ばれる屈辱《くつじょく》を受ける原因を作った肩書きであり、デンマークの最も暗い時代に、無数の居間やキッチンや作業場でののしられたり、たたえられたりした肩書きだ。わたしはそれを少年のころ背負い、その後も生涯《しょうがい》を通じて、誇《ほこ》りを持って背負い続けている。招待状にはこうあった。

「クヌーズ・ピーダスン
チャーチルクラブのメンバー」

1950年、チャーチルクラブのメンバーの再会。クヌーズによれば、次のとおり。
「後列左から、ヘリェ・ミロ、イェンス・ピーダスン、アイギル・アストロープ＝フレズレクスン、クヌーズ・ピーダスン、モーウンス・フィエレロプ。前列、いちばん左にすわっているのは、ヘニング・イェンスン（デンマーク自由同盟《どうめい》のメンバー。彼らはわたしたちのあとに逮捕《たいほ》されたのだが、チャーチルクラブのメンバーと同じ所に拘置《こうち》された）。そのとなりの人物だけは、名前が思い出せない。彼もデンマーク自由同盟《どうめい》のメンバーだった。そのとなりはモーウンス・トムスン、ヴァウン・イェンスン（ヘニングの兄弟で、やはりデンマーク自由同盟《どうめい》のメンバー）。それからウフェ・ダーゲト。この写真は、1950年に修道院の庭で撮《と》ったものだ」。

EPILOGUE
その後の人生

デンマークが解放されたあとも、刑務所《けいむしょ》、戦争、破壊《はかい》活動などの経験は、チャーチルクラブやRAFクラブのメンバーの多くの人生に、さまざまな形で傷を残した。各メンバーのその後の人生に起こったことの一部をここで紹介《しょうかい》しておこう。

チャーチルクラブの司教座聖堂学校《しきょうざせいどうがっこう》の生徒と、年下のメンバー

クヌーズ・ピーダスンは終戦後しばらく新聞記者として働いたのち、ロースクールに入学、そのあと映画会社につとめたが、その後、美術の世界に生涯《しょうがい》をささげた。一九五七年、

コペンハーゲンの聖ニコラス教会で、世界初のアートライブラリーを開き、裕福《ゆうふく》な人だけでなく貧《まず》しい人々にも美術を身近なものにした。ここではオリジナルの美術品を三週間単位で貸し出していた。最初、貸出料はタバコひと箱分くらいの値段だったと、クヌーズは二〇一二年の取材のとき、自慢《じまん》そうにいっていた。そのアートライブラリーはいまでもコペンハーゲンの重要なギャラリーとして残っている。

クヌーズ自身の作品はニューヨークの近代美術館やロンドンのテート・モダン美術館に、ほかの多くの美術品とともに収蔵されている。フルクサス芸術運動（一九六〇年代に始まった前衛的な芸術運動）に参加したクヌーズの作品はデンマーク国立美術館にも収蔵されている。また彼の妻《つま》、ボーディル・リスケーアはデンマークにヨーロッパ映画大学を創設《そうせつ》した。この大学は映画界で世界的な成功をおさめている。

フィリップ・フーズの覚え書き

この本を作ろうとクヌーズにインタビューをしたとき、彼はすでに八十代後半だった。最初のうちはとても元気だったのだが、つねにふたりとも急いだほうがいいような気がしていた。残された時間があまりないように思われたからだ。ほぼ毎日、週末も、メールのやりとりをした。わたしはメイン州のオフィスから、クヌーズはコペンハーゲンのアートライブラリーから。

二〇一三年のクリスマス前、クヌーズからのメールが一週間ほどとだえた。それまでになかったことで、いやな予感がした。何度もメールを送ったが、返事がない。そして二〇一四年一月三日、ようやく返事がきた。病院のベッドからだった。肺炎《はいえん》であぶなかったとのことだ。部屋に死に神がしのびよるのを感じたといっていた。「影《かげ》がわたしのまわりをこっそり歩いているのを感じた」と書いてあった。「とどめの一発をくらわせてやろうと機をうかがっていたんだ……わたしは、待ってくれといった。きみとやりかけの仕事があるからね。たぶん、この本のことがあったから、わたしは助かったんだと思う。もうだいじょうぶだ、戦い続けよう！」

こうしてわたしたちは戦い続けた。そして二〇一四年の秋も深まったころ、この本の原《げん》稿《こう》が仕上がった。クヌーズは大喜びだった。「読み終えて早速、子どもと孫《まご》に送ったよ」というメールがとどいた。それから二〇一四年十二月初め、また一週間以上、音信不通になった。そして十二月十二日、ベッドからメールがきた。「げっそりやせてしまって、食欲も体力もない」

何度も検査をしたあげく、医師たちは首をかしげ、全身スキャンをしましょうといった。

クヌーズはせまいトンネルのような物の中に入るかと思うと、ぞっとした。ニュボー国立刑務所《けいむしょ》で閉じこめられた体験のせいで閉所恐怖症《きょうふしょう》になっていたのだ。そのとき以来、クヌーズは飛行機やエレベーターには一度も乗らなかった。
「医者には、案外とこわがりなんですねといわれた」クヌーズはあるメールに書いてきた。「このじつに残酷《ざんこく》な世紀を八十九年も生きてくれれば、こわがりにもなろうってもんだ。またメールするよ」

クヌーズ・ピーダスンはチャーチルクラブのリーダーで、デンマークの抵抗運動《レジスタンス》の英雄で、第二次世界大戦中、大きな功績を残した。当時少年だったクヌーズは、二〇一四年十二月十八日の深夜十二時すぎにこの世を去った。彼は国民的な英雄として、コペンハーゲンのアスィステンス墓地に埋葬《まいそう》された。そこにはほかに、ハンス・クレスチャン・アナスン（アンデルセン）、セーアン・キアゲゴー（キルケゴール）などのデンマークを代表する人物が埋葬《まいそう》されている。クヌーズの妻《つま》と、三人の子ども、クラウス、クリスティーネ、ラスムスは健在である。

イェンス・ピーダスンは成績が優秀で、ニュボー国立刑務所《けいむしょ》を出たあと、抵抗《ていこう》活動をやめて、大学で工学を専攻、卒業後、建築技師としてイギリスの建築会社に入社し、インドでの架橋《かきょう》工事の監督《かんとく》になる。しかしインドで不幸なことがあって、デンマークにもどり、母校の大学で教鞭《きょうべん》をとる。しかし健康がすぐれず、うつ病に悩《なや》まされ、一九八八年、肺《はい》がんでこの世を去る。

「病院で、不幸な生涯《しょうがい》を閉じた」弟のクヌーズは語っている。「長生きできなかったのは、頭がよすぎたことと、刑務所《けいむしょ》での苦痛や、おそらく戦争の苦痛がたたったんだと思う」イェンスにはゴームとラースという息子と、カーアンという娘がいる。

アイギル・アストロープ＝フレズレクスン（戦後、ラストネームをフォックスバーグと変えた）は、デンマーク解放の日、脚《あし》を骨折してオルボーにあるドイツが経営する病院にいた。自由の身になると、勉学にもどったが、集中力が続かなかった。チャーチルクラブのほかのメンバーと同じで、彼の言葉によれば「刑務所病《けいむしょ》」を病んでいたのだ。ひどい悪夢に襲《おそ》われ、夢にはゲシュタポが次々に出てきた。アイギルは落ちこみ、放心状態が続き、落ち着きがなくなった。記憶《きおく》力が減退《げんたい》した。彼と同じようにレジスタンスに参加した患者《かんじゃ》をあつかっているカウンセラーの指導を二年受けて、ようやく健康をとりもどすことができた。土木技師になって堅実《けんじつ》に働いたが、死ぬまで何度も同じ症状《しょうじょう》がぶり返した。二〇一二年に亡くなった。

バアウ・オレンドーフは一九四二年五月、チャーチルクラブのほかのメンバーといっしょに逮捕《たいほ》されたが、十四歳《さい》だったため刑務所《けいむしょ》に収容されることはなかった。そしてオルボーから遠くはなれた小さな町の青少年矯正施設《きょうせいしせつ》に入れられた。バアウはすぐにユラン半島とフュン島を結ぶ橋を次々に車が走っているのに気がつき、早速、橋を爆破《ばくは》する計画を立てた。ところが毎日、橋をみにいっているのをみた看守《かんしゅ》に感づかれてしまった。しかしまだ十四歳《さい》だったため、ほかの施設《しせつ》にうつされた。バアウは戦後、小さな宗教《しゅうきょう》運動のリーダーとなった。子どもは十二人いる。

モーウンス・フィエレロプ、「教授」は大学で経済学を専攻し、デンマーク第二の都市オーフスの市議会につとめた。結婚《けっこん》し、息子がひとり、娘がひとりできた。娘のイーヴァ・フィエレロプはフェンシングで世界的に有名になり、一九九六年のアトランタ・オリンピックに出場した。一九九一年に亡くなった。

ヘリェ・ミロはノルウェーで技師になり、それからデンマークのリンドー造船所につった。一九七一年、自分で工務店を起こして、おもに海運関係の仕事をした。息子は、五十八歳《さい》。娘は二十三歳《さい》。

ウフェ・ダーゲトは若いころ、模型飛行機を作るのが趣味《しゅみ》だったが、パイロットになり、スカンジナビア航空の機長になった。六十歳《さい》で退職し、二〇一三年に亡くなった。

モーウンス・トムスンはデンマークで最大の銀行の支配人になった。彼は裁定《さいてい》とり引き（外貨や金などを異なる市場でほぼ同時に売買して利ざやをかせぐとり引き）が専門だった。

ブラナスリウの工場で働いていた年上の三人

アルフ・ホウルベア、**カイ・ホウルベア**、**クヌーズ・ホアンボー**の三人だけはチャーチルクラブのメンバーの中で、デンマーク解放の日もまだ刑務所《けいむしょ》にいた。彼らは房《ぼう》の鉄格子《てつごうし》に細工をしたことと、オルボーでの破壊《はかい》活動でドイツ軍の軍法会議にかけられ、ドイツの刑務所《けいむしょ》に収容されていたのだ。

ドイツとデンマークの間で何度も交渉《こうしょう》が行われた結果、アルフとカイはデンマークにもどされ、ホースンス国立刑務所《けいむしょ》の政治犯だけの区画に入れられた。そこには十五人の政治犯が収容されていた。

一九四四年のクリスマスの前、刑務所《けいむしょ》に牧師がやってきて、アルフやほかのメンバーが脱走《だっそう》するのに手を貸そうと提案《ていあん》し、アルフに秘密の計画を伝えた。危険だが、成功すれば自由になれる。アルフはほかの受刑者《じゅけいしゃ》を集めて、計画を説明した。アルフ自身は大賛成だと断言した。いつまたドイツの刑務所《けいむしょ》に送られるかわからないし、二度とドイツの刑務所《けいむしょ》には入りたくないと思っていたのだ。ところがそこのグループの半数を占《し》める共産主義者たちが、その計画はあやしいといって反対した。そこにいた十四人で多数決をとってみると、七対七だった。

全員でいろんな角度から検討《けんとう》したが、賛成と反対が半々のままだった。そこに、話し合いのときにはいなかった十五人目がもどってきた。アルフが計画を説明して、決をとった。その男はかなりの年で、こういった。

「そんな死にかたはいやだ」

そして反対した。

アルフは結果を牧師に報告したが、どうしても気持ちがおさまらない。それは計画に賛成したほかのメンバーも同じだった。彼らは牧師に、自分たちだけでやりたいと持ちかけた。アルフは、独自に脱走《だっそう》の計画を練っていたことを打ち明けた。木をピストルの形にけずって、黒くペンキでぬって、そっくりにみえる物を作っていたのだ。

一九四四年の大みそかの前日、牧師が本物のピストルをアルフに持ってきて、計画を説明した。午後二時四十四分、きみたちが午後の散歩で庭に出ているころ、庭の塀《へい》にはしごをかける音がしたら、そちらに向かって走れ。それが唯一《ゆいいつ》の合図だ。はしごをみつけられるかどうかは、きみたち次第だ。はしごは外から内側におりるようになっている。はしごをのぼって塀《へい》の向こう側におりたら、仲間が車で連れていってくれる。成功を祈る。

午後二時半、散歩で庭に出る。二時四十四分、外にトラックがやってきて、男がふたり塀《へい》にはしごをかける音がひびく。アルフはピストルをぬいて三人の看守《かんしゅ》のうちのふたりに向け、はしごのほうに後ずさる。三人目の看守《かんしゅ》が警報を鳴らそうとするところを元ボクサーの受刑者が、後ろからしめあげて止めた。

七人は塀《へい》を越《こ》えて、外の自由な世界に逃《に》げた。脱獄《だつごく》は三分半で終了した。

七人はレジスタンスのリーダーたちによって、ユラン半島の別々の場所に連れていかれた。アルフはラナスという町のレジスタンスの連絡員《れんらくいん》を紹介《しょうかい》された。その後、脱獄者《だつごくしゃ》と抵抗運動《レジスタンス》をしている人々をつなぐ役割を引き受けた。
脱獄者《だつごくしゃ》の多くはスウェーデンにいきたがったが、アルフはデンマークにとどまった。デンマークの自由のために戦ったのは、スウェーデンに逃《に》げるためじゃない、そう考えたのだ。やがてアルフはラナスにおけるレジスタンス・グループの副リーダーになり、ドイツ軍の船を二隻《せき》沈めるのに協力した。

戦後、ＩＤカード用ラミネートシートの製造業者になった。しかし心臓発作が頻発《ひんぱつ》して体が麻痺《まひ》し、ふつうの生活ができなくなった。次の発作が起こったら命があぶないと思い、車椅子《いす》でコペンハーゲンのデンマーク・レジスタンス博物館にいって、木をけずって作ったピストルを寄贈《きぞう》した。そして家に帰って、自殺した。

チャーチルクラブのメンバーの中で最年長だったカイ・ホウルベアは、若くして亡くなった。クヌーズ・ホアンボーはアメリカに移住し、アメリカ市民になった。

ＲＡＦクラブ

クヌーズ・ヒーテロン（クヌーズ小）は破壊《はかい》活動のため逮捕《たいほ》され、オルボーの刑務所《けいむしょ》で六か月くらすことになった。戦後、イギリス陸軍に入隊し、インドで数年すごすうちに、現地で亡くなった。

ハーラル・ホルムは戦後、イギリス陸軍に入隊し、西ドイツに駐屯《ちゅうとん》した。そこで奇妙《きみょう》な行動に走った。平和を永続させようと、イギリス軍の弾薬庫《だんやくこ》を破壊《はかい》しようとしたのだ。そのため精神科の病棟《びょうとう》に収容された。クヌーズ・ピーダスンが見舞いにいってみると、ナチスに協力した男といっしょの部屋に入れられていたので、すぐに部屋を変えさせた。

ハンス・イェルゲン・アナスンはドイツの刑務所《けいむしょ》で亡くなった。彼はほかの囚人《しゅうじん》といっしょに病気の蔓延《まんえん》する収容所につめこまれた。そこでは囚人《しゅうじん》は死ぬまで働かされた。ハンス・イェルゲンの死亡証明書には、アーティストと書かれ、死因は結核《けっかく》となっていた。

オーラ・モーデンスンもまたドイツの刑務所《けいむしょ》で亡くなった。死因は不明。ほかの囚人《しゅうじん》といっしょに、連合国軍の空襲《くうしゅう》を受けたドイツの小さな町の鉄道会社のあとかたづけをしていたときのことらしい。

ＲＡＦクラブのメンバーは逮捕《たいほ》されるとコペンハーゲンの西刑務所《けいむしょ》に送られ、政治犯や抵抗《ていこう》運動員用の特別の房《ぼう》に入れられた。その後、おそらくフレスリウの収容所に運ばれたと思われる。そこはドイツとデンマークの国境で、ドイツに運ぶ際の最後の中継点《ちゅうけい》にあたっていた。

ピーダスンの家族と、友人たち

イズヴァト・ピーダスンと**マグレーデ・ピーダスン**（クヌーズとイェンスの両親）は、修道院でのつとめを終えると、オルボーからコペンハーゲンに引っ越《こ》した。イズヴァトは七十四歳《さい》で亡くなった。マグレーデは九十四歳《さい》で亡くなった。

ゲアトルズ・ピーダスン（クヌーズとイェンスの妹）は南アフリカのデンマーク領事館で働いていたが、夫の死後、イギリスのバースにいって、友人のパトリシャ・ビビュと親しく付き合うようになった。ゲアトルズは七十歳《さい》で亡くなった。

パトリシャ・ビビュはピーダスン一家と親しくしていて、のちにジョン・ムーア・ヒースというイギリス人と結婚《けっこん》した。彼はイギリス大使としてチリにいった。パトリシャは子どもといっしょにイギリスやメキシコでくらした。クヌーズは亡くなるちょっとまえ、「パトリシャとわたしは生涯《しょうがい》の友だちだよ」といっていた。

ゲレーデ・ラアベク（クヌーズの刑務所《けいむしょ》の中での空想の彼女）は大学にいって、テクニカル・デザイナーになるための勉強をした。

オルボー・司教座聖堂学校《しきょうざせいどうがっこう》はいまでも教育施設《しせつ》として残っている。北ユラン半島では最も古い、大学進学のための私立中等学校だ。歴史的な資料によれば、一五四〇年に創立とのこと。当時、この学校は、チャーチルクラブが集会場に使っていた修道院の一画にあった。オルボー・司教座聖堂学校《しきょうざせいどう》は何度も建て直され、拡張《かくちょう》されたが、最も大きな拡張《かくちょう》工事が行われたのは、一九〇三年、男女共学になったときだ。教員は八十名、生徒は七百人。

1950年のピーダスン一家の写真。場所は修道院の庭。後列、左から、イェンス、クヌーズ、ゲアトルズ、イェルゲン。前列、左から一番下の弟のホルガ、母親、父親。

NOTES
覚え書き

クヌーズ・ピーダスンの一人称《いちにんしょう》で書かれている部分は、インタビューやEメールの内容をまとめたものだ。クヌーズとわたしは二〇一二年十月七日から十四日まで、毎日コペンハーゲンのアートライブラリーにある彼のオフィスでインタビューを行い、それを録音した。のべ二十五時間近く話をして、それを文字に起こすと、数百ページになった。

わたしがアメリカに帰国したあとは、Eメールでやりとりをした。おたがいの住まいは六四〇〇キロもはなれていたが、東部夏時間の午後三時ごろ——コペンハーゲンでは午後九時ごろ——クヌーズに質問を送ると、翌朝、パソコンを開くと、たいてい返事がきていた。原稿を書き進むにつれて、わたしの質問はどんどん細かくなっていき、クヌーズから次々に答えを引き出せるようになった。わたしは、なにかわからないことがあるたびに、主人公本人に質問して、七十年前の出来事をはっきりさせられるという、願ってもない状況《じょうきょう》で仕事をすることができた。たとえば、こんなぐあいだ。

わたし：飛行機の部品が満載《まんさい》された貨車を燃やしたとき、マグネシウムの「プレート」を使ったといいましたよね。その「プレート」というのはどんなもので、どうやって使うのかわからないので、くわしく教えてもらえますか？

クヌーズ：マグネシウムでできた円盤《えんばん》だよ。マッチで火をつけることができるんだ。爆発《ばくはつ》はしない。燃えるだけなのだが、おどろくほどきれいな炎が上がるんだ。

二年のあいだに、ふたりで千通近いメールを交換《こうかん》した。

もうひとつの情報源は、すでに出版されていたクヌーズの手記だ。クヌーズが亡《な》くなるまえ、チャーチルクラブのメンバーでまだ生きているのはふたりだけだった。クヌーズと、もうひとりは司教座聖堂《しきょうざせいどう》学校の同級生のヘリェ・ミロだ。クヌーズは最初から、チャーチルクラブの広報担当のような存在《そんざい》だった。一九四五年五月、デンマーク解放の日からまだまもないころ、ある出版社がクヌーズの父親に連絡《れんらく》してきた。有名なチャーチルクラブのことをありのままに伝える本を出さないかというのだ。

父親はそのことをクヌーズに伝え、クヌーズはそれをほかのメンバーに伝えた（兄のイェンスは大学にいって不在だったので、伝えなかった)。クヌーズはみんなにこういった。「みんな、本を出したい? もし出すとしたら、どうやってまとめる?」本は出そうということで意見は一致《いっち》した。また、各メンバーが一章ずつ執筆《しっぴつ》し、二週間後にもう一度集まって、書いてきたものをみんなの前で読むということも、全員一致《いっち》で決まった。ところが、二週間後に集まったとき、ちゃんと書いてきたのはクヌーズだけだった。クヌーズが書いてきたものをみんなに読んできかせると、拍手《はくしゅ》が起こった。「おまえがぜんぶ書けよ」仲間たちはそういい、クヌーズはそのとおりにした。

クヌーズの父親は、息子が書きあげた原稿を秘書にタイプさせたが、出版直前に――クヌーズやほかのメンバーたちに無断で――きたない言葉や罰《ばち》当たりな言葉をすべて削除《さくじょ》させてしまった。デンマーク語で書かれたその本は、一九四五年に『チャーチルクラブの書』というタイトルで出版されたが、できあがった本をみたメンバーは、クヌーズの父の仕業《しわざ》に怒《おこ》った。クヌーズが改訂《かいてい》して、これまでにいくつかの出版社から出されている。

クヌーズは警察の記録や軍隊の記録などを公表して、自分の手記の裏付けとしている。クヌーズはねばり強く、文章も書ける研究者になり、写真や新聞記事もみつけ、チャーチルクラブが先《せん》駆者《くしゃ》として与えた衝撃《しょうげき》を示す確固たる証拠《しょうこ》を集めた。閣僚《かくりょう》たちの手紙や、ドイツとデンマークの政府間の通信文や、刑務所《けいむしょ》の記録なども発掘《はっくつ》した。また、マンガや写真やポスターといった資料も数多く収集した。そして、それらの資料を、わたしに自由に使わせてくれた。また、資料はすべてデンマーク語で書かれているので、わたしがそれを読んで調べるのを手伝ってくれた。

要するに、この本にとってなによりも貴重な情報源は、クヌーズ・ピーダスン本人だったということだ。コペンハーゲンでの一週間にわたるインタビュー、その後に交わした無数のEメール、彼が大むかしにデンマーク語で書いた本の翻訳《ほんやく》——そういったものが、わたしという非常に幸運な作家が情報を得る源《みなもと》となった。

また、チャーチルクラブのメンバーのアイギル・アストロプ＝フレズレクスン（のちにフォックスバーグと改名した）は、一九八七年にデンマーク語でチャーチルクラブの経験をつづった本を出している。タイトルは『アイギル・フォックスバーグが経験したチャーチルクラブ』で、この本は少年たちがニュボー国立刑務所《けいむしょ》に収監《しゅうかん》されたときのようすを書くのにとても役に立った。チャーチルクラブのヘリェ・ミロや、モーウンス・フィエレロプの言葉も、出版された本のなかから少し引用させてもらった。

パトリシャ・ビビュ・ヒースは、クヌーズが刑務所《けいむしょ》から出所したあと、特別に親しくなった人物で、二〇一四年四月二十六日に、一時間以上の電話インタビューに応じてくれた。

この注釈《ちゅうしゃく》では、クヌーズ・ピーダスンから得られた情報を補足するために使った情報源を紹介《しょうかい》している。情報源は省略《しょうりゃく》して書いてあるが、くわしくは参考文献《ぶんけん》一覧に載《の》っているので参照していただきたい。

注釈《ちゅうしゃく》

ヴェーザー演習作戦（p20）

くわしい情報は以下のウェブサイトでみることができる。www.nuav.net/weserubung2.html

なぜオルボー空港がそれほど重要だったか（p46）

戦時中、オルボー空港は大きく拡張《かくちょう》された。二百戸以上の農家が移住させられ、空港に隣接《りんせつ》する農場はドイツ軍に接収《せっしゅう》された。格納庫《かくのうこ》、修理庫、司令塔《しれいとう》などが急ピッチでいくつも建てられ、納屋や農家にみえるようにカモフラージュされた。ドイツのノルウェー攻撃《こうげき》がピークに達したころは、数種類の飛行機が百五十機配備されたが、なかでも多かったのはスチューカという急降下爆撃機《ばくげきき》で、オルボー空港からノルウェーの各地を攻撃《こうげき》した。それらの飛行機は、オルボー港に停泊中《ていはくちゅう》の潜水艦《せんすいかん》や、ノルウェーと北ドイツを行き来する船を守る役目も果たした。

司教座聖堂《しきょうざせいどう》学校（p48）

チャーチルクラブの六人のメンバーが在籍《ざいせき》したこの学校には、以下のアドレスにりっぱなホームページがあり、そこにはチャーチルクラブに関する資料もふくまれている。www.aalkat-gym.dk

リムフィヨルド橋（p69）

オルボーと隣接《りんせつ》するナアアソンビューは、リムフィヨルドというフィヨルド――氷河浸食《しんしょく》によってできた急峻《きゅうしゅん》な谷に海水が入りこんだ細長い入り江――によってへだてられている。戦争中、ふたつの街は、車の行き来する橋と鉄橋で結ばれていた。戦略的《せんりゃくてき》に重要なオルボー空港がナアアソンビュー側にあったので、武装したドイツ兵が橋の両端《りょうたん》で厳重《げんじゅう》に監視《かんし》していた。

マリー・アントワネットが使っていた暗号（p83）

ハンス・イェルゲン・アナスンとイェンス・ピーダスンは、オルボーのチャーチルクラブとオーゼンセのＲＡＦクラブのあいだで秘密のメッセージをやりとりするために、暗号を作った。それはフランス革命の最中にマリー・アントワネットがスウェーデン人の友人アクセル・フォン・フェルセン伯爵《はくしゃく》が秘密のメッセージを送るのに使った有名な暗号を元にしていた。

東部戦線（p99）

一九四二年八月、ヒトラーの第六軍の大部隊がロシアのスターリングラードでロシア軍と戦った。これが東部戦線の主要な戦闘《せんとう》で、第二次世界大戦の転機となった。五か月をこえる激しい戦闘《せんとう》のなか、ロシア軍はスターリングラードを死守し、やがて宿敵ナチスに対して反攻《はんこう》に転じた。

クリスティーネ（p105）

オルボーのもっともエレガントなカフェで、甘いものが大好きなナチスの将校たちのお気に入りだったこの店の美しい写真や思い出の数々については、以下のウェブサイトでみることができる。
www.facebook.com/media/set/?set=a.205034729522481.61915.203935242965763

カイ・ムンク(p-69)

カイ・ムンクは、デンマークの著名な劇作家でチャーチルクラブのもっとも有名な支持者。

ヒトラーの歌(p-88)

第二次大戦中には、反ナチソングがたくさんあったが、その多くが下品なものだった。ナチスの四大幹部——ヒトラー、ゲッペルス、ヒムラー、ゲーリング——をうたったものもある。第二次大戦中の歌について、くわしい情報は、以下のサイトを参照。

www.fordham.edu/halsall/mod/ww2-music-uk.asp

デンマークのユダヤ人救出(p222)

すばやい組織的行動によって、国内のユダヤ人の大半を安全なスウェーデンに緊急《きんきゅう》輸送したことは、第二次大戦中のデンマークのもっとも誇《ほこ》りとする出来事だった。それについては多くの本に書かれている。参考となるものを以下にあげておく。

Ackerman, Peter, and Jack Duvall, A Force More Powerful p. 222

Levine, Ellen, Darkness Over Denmark

Lowry, Number the Stars (HMH Books for Young Readres, 2011)

工場はRAFの格好《かっこう》の標的《ひょうてき》だった(p228)

ニースバイの工場放火をだれがやったかについては、ふたつの説がある。ひとつはクヌーズとイェンスがオーゼンセのパーティできいたもので、この本に書かれているとおりだ。もうひとつの説は、オーゼンセの共産主義者による破壊《はかい》工作の記録にあるもので、次のように書かれている。レジスタンス運動が組織化され、デンマーク中に広がるにつれて、活動家たちはＲＡＦクラブのメンバーを自分たちの組織に取りこもうとした。ＲＡＦのメンバーは、若くても経験を積んだ破壊《はかい》活動家だったからだ。「Ｐグループ」という名で呼ばれていた共産主義者のゲリラ隊が、とくに熱心だった。しかしＲＡＦクラブのメンバーは、人から指図されるのがいやで、とくにソ連主導の運動には抵抗《ていこう》があった。ＲＡＦクラブは共産主義者のさそいをことわり、両者のあいだにわだかまりが残った。

ＲＡＦクラブとＰグループは、ニースバイの工場で放火があった夜、ぐうぜん現場で出会った。両者とも、まったくのぐうぜんから、同じ夜、同じ工場に放火することを計画していたのだ。ハンス・イェルゲン・アナスンは、自分が他の三人のＲＡＦクラブの仲間とともに火をつけたとのちに報告している。いっぽうＰグループのふたりのメンバーは１９９５年に、工場を燃やしたのは自分たちのグループだと新聞記者に語っている。

「わたしは自分のきいたことを話した」とクヌーズ・ピーダスンはいった。「ただ、ちがう説もあることを知らせておいたほうがフェアだと思う」

解放！（ｐ２５８）

デンマークの解放について、よりくわしい情報は、以下の本を参照。

Levine, Ellen, Darkness Over Denmark pp.139–45,

Tveskov, Peter H, Conquered , Not Defeated pp.85–91

謝辞《しゃじ》

ペギー・エイカーズには、デンマーク語の文献《ぶんけん》を英語に訳してくれる翻訳者《ほんやくしゃ》をさがすのを手伝ってもらった。ペギーがみつけてくれた翻訳者《ほんやくしゃ》のなかでもっともすばらしい人物は彼女の母親のガートルード・タクスンで、九十六歳《さい》という高齢《こうれい》ながら、数十ページの文献《ぶんけん》を訳してくれた。リンダ・タクスンにもすぐれた仕事をしてもらって、感謝している。キャロル・シェインジーには口述した文章をタイプしてもらい、キャスリン・グリーンローにはクヌーズ・ピーダスンとの二十五時間以上のインタビューの録音を文章に起こしてもらった。

フィービ・タイスとサミュエル・ケンメラーにも感謝している。ふたりは小学校の生徒だが、この本の原稿を注意深く読んで、いろいろと意見を述べてくれた。ふたりを紹介《しょうかい》してくれた同校のシェリル・ハート先生にも感謝している。ディーン・ハリスンには技術的な面ですばらしいサポートをしてもらった。妻《つま》のサンディ・セント・ジョージにも、この本をつくるにあたって、あらゆる面で協力してもらった。

パトリシャ・ビビュ・ヒースは、急に電話インタビューをお願いしたにもかかわらず、親切ていねいに対応してくれ、七十年前のドラマチックな出来事や個人的な経験をいろいろと教えてくれた。

デンマークでは、デンマーク・レジスタンス博物館のスタッフがクヌーズ・ピーダスンを紹介《しょうかい》してくれて、そのおかげでこの本が生まれたといっていい。ネルス・ジルスティングは親切にも、この本のページを飾り、物語の証拠《しょうこ》資料となる絵や写真をたくさん提供してくれた。カレン・ネルスンには、オルボーの資料をさがすのを手伝ってもらった。クヌーズの娘のクリスティーネ・リスケーア・ポウルスンには、とくにクヌーズが病気になったときに、仕事が続けられるように助けてもらった。息子のラスムス・リスケーア・スミスも、必要に応じて、技術的な支援《しえん》をしてくれた。クヌーズの妻《つま》のボーディル・リスケーアは、最初から最後まで様々な点でサポートをしてくれた。ヴァルとB・バク・クレスチャンスンのおふたりには、調査や翻訳《ほんやく》を手伝ってもらった。

コペンハーゲンのアート・ライブラリーに連絡《れんらく》をすると、メテ・ステゲルマンという女性につながる。彼女はクヌーズとわたしといっしょに、この本を作るための日々の作業を担《にな》ってくれた。写真や、下うけ仕事や、大西洋をまたいだ急な連絡《れんらく》などは、メテが率先《そっせん》してやってくれた。いっしょに仕事をして、とても楽しい人物だ。

クヌーズ・ピーダスンは、わたしがいままで会ったなかで、もっともすばらしい、刺激的《しげきてき》な人物だった。重要なのにあまりよく知られていない、この第二次世界大戦中の物語を伝えるために、彼とともに毎日働く機会をもてたことは、最高の喜びだ。わたしとクヌーズは、何度も交わしたメールを、いつも「love」という言葉でしめくくっていた。「じゃあ、また」というくらいのあいさつの言葉だが、少なくともわたしは、その言葉に、彼に対する愛情をこめるようになっていた。

訳者あとがき

一九三九年、第二次世界大戦が勃発《ぼっぱつ》。翌年の四月九日、日の出とともに、ドイツは不可侵《ふかしん》条約を結んでいたデンマークに侵攻《しんこう》。正午までには、コペンハーゲンやほかの都市を制圧した。デンマークの国王クレスチャン十世はドイツの占領《せんりょう》を認め、平和的占領《せんりょう》の時代が始まる。一方、同じようにドイツ軍の侵攻《しんこう》を受けたノルウェーは激しく反発して戦ったが、二か月の戦闘《せんとう》ののち降伏《こうふく》する。

そのころ、デンマーク北部の街オルボーにいた中学生、クヌーズ・ピーダスンはドイツの占領《せんりょう》に怒《いか》り、ノルウェー人の勇気に心をゆさぶられ、戦うことなくヒトラーに屈《くっ》したデンマークの大人たちに絶望した。そして兄のイェンスとともに、仲間を集めて、チャーチルクラブというグループを作り、抵抗運動《レジスタンス》を始める。

最初は、ドイツ語で書かれた道路標識の向きを変えたり、ペンキでいたずら描きをしたり、ドイツ軍が使う電話線を切ったり、といったささいなものだったが、そのうちエスカレートして、ドイツ軍の大型トラックを燃やしたり、銃器《じゅうき》を盗《ぬす》んだり、さらには爆弾《ばくだん》を作って、操車場のコンテナを襲《おそ》ったりするようになる。

彼らの活躍《かつやく》は、ドイツ軍の占領《せんりょう》を快《こころよ》く思わないデンマーク人の共感を呼ぶとともに、イギリスやアメリカだけでなく、ほかの連合国でも知られ、賞賛の声があがるようになる。

そんなチャーチルクラブの記録がこれだ。

しかしこの本は、少年たちの抵抗運動《レジスタンス》を英雄物語のように書いたものではない。ここに描かれているのは、少年たちの、ドイツ軍やドイツに取り入って金を儲《もう》けようとする大人に対する怒《いか》り、実際に破壊《はかい》活動をするときのスリルと恐怖《きょうふ》、好きな女の子への思い、そして逮捕《たいほ》されてからの拘《こう》置所《ちしょ》で考えたことや、裁判所《さいばんしょ》での決意などだ。とりわけ印象的なのは、クヌーズが、ドイツ兵が古い貨物船の一番下の船室に入っていくのをみるところだろう。

「わたしはドイツ人が大きらいだったが、兵士が戦場におもむくのをみるのは、なんとなくつらかった。兵士たちは年上だが、多くはわたしたちとあまりちがわない。乗船が終わると、船全体に網《あみ》をかける。船が沈められたとき、死体が浮《う》かびあがってこないようにするためだ」

あと、仲間が監視塔《かんしとう》のドイツ兵を襲《おそ》いにいってみたら、みんな年寄りばかりで、「なんで、あのじいさんたちを殺さなくちゃいけないんだ」と自問するところも忘れられない。

やがて少年たちは逮捕《たいほ》され、裁判《さいばん》にかけられる。成り行きによっては、ドイツに送られて銃殺《じゅうさつ》されるかもしれない。弁護士は、ドイツに反抗《はんこう》するようなことはしゃべらないように、今回のことを後悔《こうかい》しているというよう強く勧める。しかし、主犯のひとりクヌーズ・ピーダスンは裁判官《さいばんかん》に、なぜドイツ軍の武器を盗《ぬす》んだのかとたずねられて、こう答える。「ぼくたちにとって、武器はおもちゃじゃありません。イギリスがぼくたちを解放しにきてくれたとき、支援《しえん》するために使うつもりだったのです」

祖国《そこく》の自由のために命をかける少年たちの堂々たる態度は強く心を打つが、同時に、その無《む》鉄砲《てっぽう》さが恐ろしくもある。当時のデンマークの人々の反応もまた興味深い。戦争とはなんなのか、ファシズムの占領《せんりょう》と弾圧《だんあつ》に反抗《はんこう》するべきなのか服従するべきなのか。様々な問題が投げかけられる。

また、長いこと刑務所で暮らすうちに精神的に弱っていく仲間の姿も切ない。語り手のクヌーズ自身、極度の閉所恐怖症《きょうふしょう》になって飛行機はおろか、エレベータにも乗れなくなってしまう。

いろんなことを考えさせられる一冊だ。

なお、最後になりましたが、この本を紹介してくださって訳文にていねいに手を入れてくださった喜入今日子さん、訳文を原文とつきわせてチェックしてくださった石田文子さん、デンマークの地名や人名などを教えてくださった枇谷玲子さんに心からの感謝を！

二〇一八年四月六日　　金原瑞人

参考文献《ぶんけん》一覧

書籍

Ackerman, Peter, and Jack Duvall. **"A Force More Powerful: A Century of Non-Violent Conflict"** (New York: Palgrave Macmillan, 2000)

Bartoletti, Susan Campbell. **"Hitler Youth: Growing Up in Hitler's Shadow"** (New York: Scholastic, 2005)

Lampe, David. **"Hitler's Savage Canary: A History of the Danish Resistance in World War II"** (New York: Skyhorse Publishing, 2011)

Laursen, Peter. **"Churchill-Klubben som Eigil Foxberg oplevede den (The Churchill Club as Eigil Foxberg Experienced It)"** (self-published, 1987)

Levine, Ellen. **"Darkness Over Denmark: The Danish Resistance and the Rescue of the Jews"** (New York: Holiday House, 1986)

Lowry, Lois. **"Number the Stars"** (Boston: Houghton Mifflin, 1989)

Pedersen, Knud. **"Bogen om Churchill-klubben: Danmarks Forste Modstandsgruppe (The Book of the Churchill Club: Denmark's First Resistance Group)"** (Copenhagen, Denmark: Lindhardt og Ringhof, 2013)

Tveskov, Peter H. **"Conquered, Not Defeated: Growing Up in Denmark During the German Occupation of World War II"** (Central Point, Oregon: Hellgate Press, 2003)

Werner, Emmy. **"A Conspiracy of Decency: The Rescue of the Danish Jews During World War II"** (New York: Basic Books, 2009)

記事・報告書

Jacobsen, Eigil Thune. **"Who-What-When 1942?"** (Copenhagen, Denmark: Politken Publishers, 1941)

Palmstrom, Finn, and Rolf Torgersen. **"Preliminary Report on Germany's Crimes Against Norway,"** prepared by the Royal Norwegian Government for use at the International Military Tribunal, Oslo 1945. Available with a search on **"Crimes against Norway"** at Cornell University Law Library's Donovan Nuremberg Trials Collection, ebooks.library.cornell.edu/cgi/t/text/text-idx?page=simple;c=nur

ウェブサイト

www.aalkat-gym.dk

www.aalkat-gym.dk/om-skolen/skolens-historie/churchill-klubben-og-besaettelsen/churchill-9/

www.kilroywashere.org/009-Pages/Eric/Eric.html

natmus.dk/en/the-museum-of-danish-resistance

音声記録

www.youtube.com/watch?v=78pDhZb8hZo

www.youtube.com/watch?v=zKSj_zOfOw8

ナチスに挑戦した少年たち

2018年7月4日　初版第1刷発行
2021年9月4日　　　　第2刷発行

作　フィリップ・フーズ
訳　金原瑞人

発行者　野村敦司
発行所　株式会社小学館
〒101-8001 東京都千代田区一ツ橋2-3-1
電話 編集03-3230-5416
販売03-5281-3555
印刷所　萩原印刷株式会社
製本所　株式会社若林製本工場

ISBN978-4-09-290613-6

ブックデザイン●城所潤・大谷浩介(ジュン・キドコロ・デザイン)
編集●喜入今日子